JN076552

憂鬱探偵

田丸雅智

ワニブックス

憂鬱探偵

目次

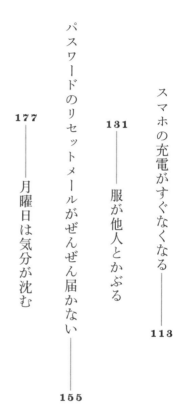

足を踏《ふ》まれる

西崎徹《にしざきとおる》は会社の預金通帳を眺めながら、ため息をついた。

今月もギリギリだな……。

頭の中を占めていたのは、この自宅兼事務所の家賃のことだ。

残高からそれを差し引いて、生活にあてられそうなおおまかな額を算出する。

学生の仕送りだって、もっとありそうなもんだがな……。

そのとき、事務所の扉が勢いよく開けられた。

「おはようございますっ！　今日もよろしくお願いしますっ！」

聞こえてきたのは、溌剌《はつらつ》とした声だった。

その声の主――花倉若菜《はなくらわかな》は、西崎を見て心配そうな顔をした。

「あれ？　西崎さん、何かありました？　なんだか浮かない顔してますけど……」

「いや、なんでもないよ」

西崎が慌ててごまかすと、若菜は言った。

「ならいいんですけど。っていうか、もしかして、昨日の夕食もそれだったんですか？　もっとちゃんとしたものを食べないと、ぜったい身体《からだ》によくないですよっ！」

「はは、そうだね……」

西崎は苦笑を浮かべ、前を見やる。テーブルの上にはカップ麺の残骸《ざんがい》が転がっている。

来月も確実にお世話になるであろうそれに心の中で感謝をしつつ、西崎は小言から逃れるためにもさっさと容器を片づけに行く。

ニシザキ探偵事務所。

それが西崎の営む事務所の名前だ。

大学を卒業したあと、西崎は中堅の探偵事務所に就職をした。自堕落な生活を送っていたツケが回って就職先が決まらずにいた矢先、たまたま目についたのがその探偵事務所の求人で、西崎はあまり深く考えることなくその世界に飛びこんだ。

探偵とは、パイプをくわえたりしながら難事件をあざやかに解決する人。

さすがにそんなイメージはもともと持っていなかったが、ターゲットの素行調査で張りこんだり、人探しで動き回ったり、なかなかにハードな日々が待っていた。

西崎はそれでもなんとか食らいつき、やがて基本的な仕事をひとりでこなせるようになった。

そして、三十歳の節目を迎えたところで独立しようと思い立った。

自分の裁量で仕事を選んで、自由に働く。

そんな生活に憧れたからだ。

しかし、その甘い考えは事務所を構えてすぐ打ち砕かれた。

依頼がほとんど来ないのだ。

西崎はまれに舞いこむ仕事でかろうじて食いつなぎつつ、途方に暮れた。

自由にやれるどころか、このままだとバイト生活もあり得るぞ……。

若菜がやって来たのは、そんなときだ。

「すみません！」

ノックのあとに入ってきた人影に、西崎は依頼主かと胸を弾ませ立ち上がった。

が、相手は開口一番にこう言った。

「あの！　ここで働かせてほしいんですけど！」

「は？」

西崎は虚を衝《つ》かれて素っ頓狂な声をあげた。けれど、この古い雑居ビルにはほかにもたくさんの会社が入っていることに思い至り、部屋を間違えたのだろうと合点した。

「えっと、たぶんですけど、それはうちじゃないんじゃないかと……」

そう言うと、相手は不安そうな顔になった。

「えっ？　ここ、ニシザキ探偵事務所ですよね……？」

西崎はおずおずうなずいた。

「そうですけど……」

「なら、間違ってないです！」

相手は勢いを取り戻して頭を下げた。

「ここで働かせてください！　お願いします！」

「ええっ……？」

たじろぐ西崎に、若菜は名前を告げて熱っぽい口調で話しはじめた。

自分は二十歳の大学生で、昔から探偵の仕事に憧れていたこと。少し前から何もない自分に悩みはじめ、そんな自分を変えるために一歩を踏みださないとと決意したこと。その矢先、たまたまここの看板を目にしたこと。運命に違いないと、すぐに扉を叩《たた》いたこと……。

「なるほどね……」

西崎は半ば呆《あき》れながら、若菜に言った。

「でも、きっときみは探偵という仕事を勘違いしてるんじゃないかな。警察に頼られて名推理を披露するような人をイメージしてると……」

「それくらいは知ってます！」

若菜は西崎の言葉をさえぎって、心外そうに頬をふくらませた。

「現実世界の探偵さんは、いろんなことを地道に調べたり探したりするのがお仕事なんですよね？」

「まあ、そうだね……」

なんだ、ちゃんと知ってるのか。

西崎が意外に思っていると、若菜は身を乗りだした。

「それでそれで……困ってる人を助けてあげる人ですよね!?」

真正面から言われて気恥ずかしさも覚えつつ、西崎は答えた。

「まあ、一応は……」

「じゃあ、やっぱり私、間違ってないです！」

若菜は声を強めて同じ言葉を繰り返した。

「お願いですっ！　ここで働かせてくださいっ！」

「いや、そう言われても……」

西崎は閉口してしまう。

少なくとも今は自分が食べていくだけで精いっぱいで、人を雇えるほどの金銭的な余裕はない。そもそも肝心の仕事がほとんどないので、手伝ってほしいことも別にない。

「あっ！　バイト代ならいりませんので！　やることだって、ちゃんと自分で見つけますから！」

西崎の内心を見透かしたように、若菜は言った。

「邪魔にだけはならないようにしますので、お願いしますっ！」

強い視線で見つめられ、西崎はとうとう根負けした。

「……本当にバイト代は出せないし、今のところお願いしたいことも特にないよ？」

「わっ！　働かせてもらえるんですね⁉」

若菜はパァッと笑顔を咲かせた。

「ありがとうございますっ！　がんばりますっ！」

それからというもの、若菜はニシザキ探偵事務所に出入りするようになった。と言っても、仕事がないのは相変わらずで、具体的に手伝ってもらいたいことはひとつもなかった。

西崎としては気まずい思いをしたものの、若菜は気にするどころかこう言った。

「依頼がないのは、いいことですよね！　困ってる人がいないってことなんですから！」

いや、取りようによってはそう言えなくもないかもだけど……。

西崎は内心で苦笑する。

実際はただの売れない探偵でしかないわけで、何にしても、こっちは生活に困るんだよなぁ……。


一向に鳴らない電話を前にしながら、西崎が若菜と出会った日のことを思いだしていたときだった。

ふと、今日の若菜は様子がおかしいことに気がついた。

「花倉さん、なんかそわそわしてるみたいだけど、どうかした？　体調が悪いとかなら、無理しないで帰ってもらっても大丈夫だからね」

ここにいても別にやることもないんだし、と心の中で自虐気味に付け加える。

すると、若菜はぶんぶんとかぶりを振った。

「大丈夫です！　っていうか、こんな日に休めませんっ！」

「こんな日？」

西崎が不審がっていたときだった。

部屋の扉がノックされ、どうぞと声をかけると一人の男性が入ってきた。

誰だろう……。

そう思っていると、若菜が言った。

「来てくださったんですね！　ありがとうございます！」

西崎は困惑しつつ、若菜に尋ねた。

「知り合いの方……？」

「知り合いというか、依頼主さん、のはずです！」

「ええっ？」

西崎がいぶかしげに視線を向けると、男性は居心地が悪そうな表情で言った。

「えっと、そちらの女性から声をかけられて来たんですけど……」

若菜がひそひそと耳打ちしてくる。

「やることは自分で見つけなきゃって、昨日、何か困ってることないですかって町で聞いて回ってたんです！　そしたら、この方とお会いして！　明日にでも、とりあえずうちに来てくださいってお伝えしてみたんです！」

興奮気味の若菜を前に、だいたいの状況が見えてくる。

なるほど、そわそわしてたのはこのせいか、と。

西崎はいろいろ呆れてしまう。

仕事を取ってこようとしてくれるのはありがたい。でも、町で聞いて回るだなんていくらなんでも怪しすぎるし、この人もこの人で、よくその怪しい誘いに乗って来たな……。

その一方で、目の前の男性が貴重な依頼主の候補であることには変わりなかった。

西崎は男性にソファーをすすめると、まずは話を聞くべく促した。

「それで、どういったことでお困りですか？」

「じつは……」

男性は沈んだ表情で口にした。

「私、電車でよく足を踏まれるんですよ」

それを聞いて、しばらくのあいだ西崎は何も言わずに黙っていた。

てっきり、そのあとに本題がつづくのかと思ったからだ。

しかし、特にそれ以上の話はないようで、西崎はたまらず相手に聞いた。

「えっと、お困りのことというのはそれですか……？」

「はい……」

男性は首を縦に振る。

「今日も誰かに足を踏まれるのかと思ったら、電車に乗るのが憂鬱で……でも、出社するには電車通勤しか手段がなくて……そんな話をそちらの方にしましたら、あなたが力になってくれるかもしれないと。それでここに来たんです……」

うんうんと、隣で若菜がうなずいた。

西崎は混乱しながら、内心で突っ込まずにはいられない。

足を踏まれるなんて誰にでもあるし、憂鬱だと言われたところでどうしようもないんだけど……。

そんな言葉をかろうじてのみこみ、西崎は言った。

「お気持ちはお察ししますが、あいにく私は探偵でして……」

「あの、だからです！」

声をあげたのは若菜だった。

「私もときどき足を踏まれますけど、これってなんだか、裏に秘密があるような気がしたんです！　で、西崎さんなら、それを解き明かしてくださるんじゃないかって！」

西崎は首をひねる。

「えっと、迷惑行為に勤《いそ》しんでる犯行グループがいるとかってこと……？」

「そういう感じじゃなくて……もっと、こう……秘密って感じです！」

「よく分からないけど、何か根拠みたいなものがあるの……？」

「いえ、直感です！」

あっけらかんと若菜はつづける。

「とにかく、何かがある気がするんです！　それに、困ってる人を助けるのが探偵の仕事なんですよね!?」

迫り来る若菜を前に、西崎はもはやあきらめの境地に達していた。

若菜がなぜ自信満々なのかは分からなかったし、そんなことを調べて意味があるとも思えなかった。調査料についても切りだせるような雰囲気ではなく、ボランティア仕事になるのであろうことも察していた。

ただ、悔しいかな、今の西崎には時間があった。それに、これをきっかけに正規の探偵業の依頼につなげられる可能性もなくはない……。

「……分かりました。お役に立てるか約束はできませんが、できるだけやってみましょう」

「やった！　ありがとうございます！」

若菜は無邪気にはしゃぎはじめた。

「何か判明すれば、ご連絡します」

そうして、西崎はこの妙な案件に取り掛かることになったのだった。


とにもかくにも、西崎はひとまず調査に向かった。

空《す》いている電車では足を踏まれづらい。

そう考えて、西崎は若菜を連れて朝の通勤ラッシュのさなかの山手線に赴いた。

いざ駅についてみて、久しく満員電車になど乗っていなかった西崎は憂鬱な気分に襲われた。

「すごい人だな……」

これに乗るのかと沈んでいると、若菜はやる気に満ちあふれた様子で口にした。

「目的があると、なんだかワクワクしてきますね！　行きましょう！」

電車がホームに滑りこんでくると、二人はおしくらまんじゅう状態の車両に身体をねじこませて乗車した。

西崎が足を踏まれたのは、出発して間もなくのことだった。

「痛っ！」

反射的に声をあげるも、謝ってくれる人は誰もいなかった。

西崎は犯人を特定すべく、周囲を見ようと試みた。が、ぎゅうぎゅう詰めで首を動かすのもままならず、誰が踏んだのかは分からなかった。

西崎の憂鬱は加速する。

完全に踏まれ損だ……。

電車は激しい乗り降りを経て、やがて西崎たちが最初に乗りこんだ駅まで戻ってきた。

「すみません！　降ります！」

西崎が半ば叫んで駅のホームに吐きだされると、ちょうど若菜が立っていた。

「は、花倉さん、大丈夫だった……？」

「もう、めっちゃ踏まれました……！」

「おれも踏まれまくったよ……」

それで、と西崎はつづけた。

「収穫は？」

「なかったです……西崎さんはどうでした？」

「ダメだった……犯人を捕まえて話を聞こうにも、誰に踏まれたのかが分からない。みんながみんな、知らんぷりだよ」

「じゃあ、次は夕方のラッシュの時間ですね」

「えっ？」

西崎は変な声を出してしまう。

「調査は収穫なしってことで、これでもう終わりだけど……」

「そんなわけないじゃないですか！　あっ！」

若菜は大声を出す。

「西崎さん、ごまかそうとしてますね!?　私が学生だからって、帰らせて一人だけで調べようとしてるんでしょ!?」

若菜は何を勘違いしたのか、不満そうな顔でつづける。

「変な遠慮はしないでくださいっ！　西崎さんひとりで調査に行かせたりしたら、助手の名がすたれます！　私、一緒に行きますからね！　次こそは手がかりをつかみます！」

いや、もう調べるのをやめたいんだけど……。

そう言いかけたが、西崎は言葉をのみこんだ。

何を言っても曲解されそうだったし、何より満員電車に疲れ切って説明する気力がなかった。

いったん大学に行ってくるという若菜を見送り、西崎はひとりため息をついた。


その日からしばらくは、何の成果も得られなかった。

朝と夕のラッシュで足を踏まれて、痛い思いをする。

ひたすらその繰り返しだった。

ついに手がかりをつかんだのは、一週間ほどたった夕方のことだ。

いつものように成果なしで西崎が満員電車から吐きだされたとき、若菜が見知らぬ若者と立っていた。

「西崎さん、やりました！」

興奮気味に、若菜は言った。

「この人、私の足を踏んだ人です！」

西崎はその若者にたしかめた。

「そうなんですか……？」

「まあ、そうっすね」

悪びれる様子のない若者をさらに問い詰めようとしたところ、若菜が横からさえぎった。

「あの、いまいろいろ聞いてたんですけど、この人、足踏み師っていうのをされてるらしいんですよ。そうなんですよね？」

若菜に聞かれ、若者は「そうっすね」と言ってつづけた。

「あ、もちろん、無免許なんかじゃないっすからね。ほら」

そう言って、若者は何かを取りだした。それは運転免許証のようなもので、西崎はいぶかりながらのぞきこむ。そこには若者の顔写真とともに「足踏み師」という字が刻まれている。

「足踏み師……？」

つぶやくと、若菜が言った。

「なんでも、人の足を踏んづけて健康状態を改善させられる人みたいです」

「なんだって?」

西崎は、にわかには信じられない思いだった。

迷惑行為をとがめられて、この若者がとっさにでっちあげたウソじゃないのか?

でも、と思う。

そんなことのために、わざわざ免許まで用意するか……?

「あれ? なんか、おれ、疑われてます?」

若者の言葉に、西崎は慌てて口にした。

「いや、そういうわけじゃ……」

「まあ、別にいいっすけど。じゃ、おれ、これから足踏みの稽古があるんで」

若者はその場を去ろうとした。

それに待ったをかけたのは若菜だった。

「待ってください! その稽古、私もついていっていいですか!?」

「ちょっと、花倉さん……」

困惑する西崎に、若菜が言う。

「私、さっきまで頭痛がしてたんですけど、いつの間にか全然なくなってるんですよ! もしかして、これって足を踏んでもらったからなんじゃないかって!」

若者はこちらを振り向いた。

「ああ、お姉さん、なんか頭が痛そうだったんで」

「やっぱり！」

若菜は目を輝かせる。

「健康状態を改善するって、本当なんだ！　西崎さん、行きましょうよ！　お兄さんも、いいですよね⁉」

「まあ、別にいいっすけど」

さっさと歩きだした若者のあとに、若菜はつづいた。

はぁ……。

ため息をつきながら、西崎もそのあとを追いかけた。


たどりついたのは、こぎれいなビルの一室だった。

中に入ると一面に畳が敷かれていて、多くの人でにぎわっていた。

若者はその中を突っ切って、一人の老人のもとに歩み寄った。

「師範、お疲れさまっす」

その言葉に、若菜はすぐに老人に尋ねた。

「もしかして、あなたが足踏み師の師範ですか……？」

「いかにも。あなた方は入門希望者ですかな？」

「入門……？」

その質問には若者が答えた。

「今日は新しく足踏み師を目指す人らへの指導日なんすよ。じゃ、おれは自分の稽古があるんで」

隅のほうに去って行った若者を尻目に、若菜が師範に申し出た。

「すみません、図々しいお願いなんですけど……その指導って、体験させていただけたりしませんか……?」

「構わんですよ」

歓喜する若菜とともに、西崎もまだまだ半信半疑ながらもその末席に加わることになったのだった。

指導は、師範の話からはじまった。

「そもそも、足というのは全身の器官や臓器と密に関係しておりましてな。多くのツボがあるのです。一般的には足裏が有名なわけですが、足裏は日頃から地面と接する機会が多く、日々の生活の中だけでもある程度の刺激を受けることができます。その点、足の表側、つまり甲は日常の中だけでは刺激に乏しく、効果を得たい場合は意図的に押してやる必要があるのです」

師範は、壁に貼《は》られた足の甲の図を指し示す。そこに描かれた赤い点のひとつひとつを、身体の部位と結びつけながら説明していく。

「……このように、足の甲にはツボが多く存在します。我々足踏み師はこの甲のツボを刺激して、不健康な現代人を健康へと導き、社会をよりよくしていくことを使命としておるのです」

足を踏んで、社会をよくする……。

想定外に崇高な理念を聞かされて妙な気分になりつつも、西崎は「すみません」と手を挙げて、よぎった疑問を口にした。

「あの、それならそれで、どうしてわざわざ満員電車で人知れず足を踏むんですか？　いえ、素晴らしい理念もおありなので、足裏のマッサージみたいに開業するなりして堂々と踏んでくれればいいのにと……」

「満員電車で行うことにこそ、大きな意味があるのです」

師範は語る。

「まず、我々は数をこなすことに重きを置いておりましてな。仮にどこかに施術場所を構えたとして、そこに来る人を待っておるうちにも不健康な人は増えつづけてしまいます。であるなら、こちらから人が多い場所、すなわち満員電車に出向いて片っ端から施術を行っていくほうが、よほど効率的に健康な人を増やせるというものでしょう」

それから、と師範はつづける。

「施術はあくまで無償で、匿名のうちに行うことが足踏み道の基本精神であることも根底にあります。そのためには、混雑に乗じて素早く足を踏み、お礼などを渡される前にすぐに立ち去ることが一番です。もっとも、最近ではそんな足踏み師の精神に乗じた不届き者が増えておるようで、我々も憤慨しておりましてな。憂さ晴らしでツボでもないところを適当に踏むような、じつにけしからん輩《やから》です。そういった外道と間違っても混同されぬよう、最近の足踏み師には免許の携帯を義務づけておるのです」

西崎は先ほどのことを思いだす。

あの若者も、駅のホームですぐに免許を出してたな、と。

さて、と師範が言った。

「ここからは実践といきましょう。みなさん、一人二組になってもらえますかな」

それを聞き、西崎はおもむろに立ち上がって隣を見た。

若菜とペアになるためだ。

しかし、あろうことか、その若菜はすでに別の人とペアを組んでいて、早々に足を踏む真似《まね》をしたりしていた。

えっ、と思っているうちにも周りは次々に近くの人とペアになり、西崎は一人取り残される形となった。

「あれ？　西崎さん、まだ組んでないんですか？」

若菜に言われて、西崎は立ち尽くした。

「いや、はは……」

そんな西崎に声をかけてくれたのは、師範だった。

「あなたは私がお相手をしましょう」

取り残されずに助かったと思う一方で、足踏みの達人である師範と組むことに身が縮こまりそうな思いにもなる。

「お、お手柔らかにお願いします……」

師範は「うむ」とうなずくと、全員に靴下を脱いで裸足《はだし》になるよう指示をした。

「最初のうちは裸足の状態で基礎を積み、上達すれば靴下を、さらには靴を履いての稽古へと移っていきます」

師範は足の親指を使った足踏みの方法をレクチャーし、みんなに言った。

「では、相手の足を踏んでみなされ」

西崎も促されるまま目の前の相手――師範の足をおそるおそる踏んでみた。

すると、すぐさま鋭い声が飛んできた。

「それでは撫《な》でておるのと何も変わらん」

たしなめられて、西崎はもう少し力をこめて師範の足を踏んでみた。

が、全然ダメだと叱責《しっせき》された。

「もっと強く。親指が相手の足を貫いて、地面に突き刺さるようなイメージで」

「こうですか……?」

トライするも、師範は首を横に振る。

「この程度なら、蚊に刺されたほうがまだ刺激があるわい」

「こうですか……?」

師範は言う。

「水滴が足に落ちてきたような感じだのう」

「こうですか……?」

「猫でもこれより強く踏むぞ」

厳しい顔の師範に、西崎は気分が重たくなってくる。

どうすればいいんだ……。

そのうち師範はみんなに交代を告げ、西崎に言った。

「仕方ない、わしが手本を見せてやろう」

その直後のことだった。

西崎はギャッと声をあげた。

「痛っ！」

まるで五寸釘《ごすんくぎ》が足を貫通したかのような痛みに崩れ落ちると、師範が言った。

「これが真の足踏みというものだ」

西崎はたまらず懇願した。

「も、もう少し優しくやっていただけないですか……!?」

「何を言うておる。それでは意味がないではないか。そんなことより、ここがそれほど痛いということは、お主は生活習慣が乱れておるようだの」

思い当たる節がありすぎて、西崎は返す言葉が見つからない。

師範は全体に指示を出しつつ、つづけざまに西崎の足を踏み抜いた。

ギャッ！　ギャッ！　ギャッ！

「もうちっと我慢せんかい。お主、よほど不摂生な生活を送っとるな」

ようやく師範が足を止めたのは、西崎が痛みで気を失いかけていた頃だった。

「では、みな元の姿勢に」

師範は言った。

「今日の稽古は、このあたりで終えましょう。今後、免許皆伝までの道のりは険しいですが、足踏み道を究めるためにしっかり精進してくだされ」

みんなが「はいっ！」と元気よく返事をする中で、西崎は足踏みから解放された喜びに心底浸った。

身体の変化に気がついたのは、道場を辞して若菜と帰路についていたときのことだった。全身が明らかに軽くなり、日頃の疲労感がウソのように消えていたのだ。

本当に効果があった！　足踏みの力、おそるべし……。

その一方で、師範に踏まれた足の甲はひりひり痛み、若菜にこぼした。

「いやあ、すごい効果だったけど、痛かったね……」

すると、若菜はきょとんとした顔になった。

「えっ？　私、全然痛くなかったですけど……今日はむしろ気持ちよかったくらいでした。電車で無免許の人に踏まれたときは、あんなに痛いのに」

西崎は自らの不摂生を改めて突きつけられたようで、何とも言えない気持ちになったのだった。

以上の顛末《てんまつ》は、後日、依頼主の男性に報告した。

男性は、浮かない顔をしたままでこう言った。

「……何をおっしゃっているのかなんだかよく分かりませんが、とりあえずは了解しました。何にせよ、結局はこれからも私は足を踏まれつづけるわけですね。どうせなら、足を踏まれなくなる方法とかを教えてほしかったなぁ……」

その言葉に、西崎の心はチクリと痛んだ。

せっかくがんばって、しかも無償で調べてきたのに……。

若菜があっけらかんと口にしたのは、そのときだった。

「でも、これからは足を踏まれても、ほんの少しだけ気持ちが違いますよね！ もしかしたら足踏み師の人が施術してくれたのかも、って思ったら！」

「はあ、そうですかね……」

男性はピンと来ていない様子で帰って行ったが、西崎はなんだか報われるような気持ちになったのだった。

それからというもの、西崎は暇を持て余したときなどに自分で自分の足を踏んづけてみるようになった。そのたびに足が痛むのは技術不足が原因なのか不摂生が原因なのかは分からなかったが、足踏みのことを知ってから、なんだか世界が少しだけ広がったような気がしている。

そんなある日のことだ。

安酒を飲み過ぎた翌日、西崎が二日酔いでひどい吐き気を抱えながら歩いていると、向こうから来た人物に激しく肩をぶつけられた。

「痛っ！」

西崎はとっさに振り返るも、すでに犯人の姿はそこになかった。

ぶつかっておいて、一言もなしか……。

しかし、憂鬱な気分になりかけたその瞬間、西崎はあることに気づいて愕然《がくぜん》とした。

先ほどまでのひどい吐き気が、ウソのように消えていたのだ。

どういうことだと混乱する中、やがて西崎はハッとする。

そして、こんなことを考えはじめる。

もしかして、世の中にはぶつかって健康を改善させる〝ぶつかり師〟も存在するのだろうか、と。

なかなか料理がこない

「いま戻りましたっ！」

事務所に声が響きわたり、若菜が元気よく入ってきた。

西崎はパソコンから視線を上げると、口を開いた。

「ずいぶん遅かったけど、大丈夫だった？」

「はい！　みなさん、とってもいい人ばっかりでした！」

「それはよかったね……」

とりあえず何事もなかったようで、西崎は胸を撫でおろす。

若菜が急に声をあげたのは少し前、西崎が事務所で仕事をしていたときだ。宣伝のためにネット広告を出してみようとパソコンで四苦八苦していると、若菜が突然「あっ！」と言った。

「びっくりした……どうしたの？」

「私、大事なことを忘れてました！」

「なに？　レポートでも提出し忘れた？」

「あっ！　それも忘れてました！　けど、そうじゃなくて、お隣さんとかにご挨拶してなかったなと！」

「お隣さん？」

「この事務所のお隣さんです！」

苦笑しながら西崎は言う。

「いや、別にいいよ……引っ越しの挨拶じゃないんだから」

しかし、若菜はかぶりをふった。

「いえ！　ちゃんとしないと、よくないです！　さっそく行ってきます！」

「今から？」

「思い立ったが吉日です！」

若菜は有無を言わせぬ口調で西崎に告げると、ずんずんと事務所を出て行ったのだった。


挨拶から戻り静かになった若菜をよそに、西崎は仕事に戻ろうとした。

そのときだった。

事務所の扉がノックされ、女性がひとり入ってきた。

「すみません……」

西崎はその顔に見覚えがあった。

どこで会ったかなと考えていると、女性は名乗ったあとに会社の名前を口にした。それはこのビルに入っている会社で、西崎は改めて挨拶をしつつ女性に尋ねた。

「えっと、何かご用でしょうか……？」

女性は恐縮したような感じで答えた。

「いえ、大したことじゃないんですけど……そちらの方に、よかったら来てみてほしいと言われまして……」

西崎は女性の視線の先に目をやった。

そこには笑顔の若菜がいる。

もしかして、と西崎は悪い予感に襲われる。

また変な依頼だったりしないよな……？

ほとんど同時に、若菜が声を弾ませる。

「さっきご挨拶をしたときに、お困りのことはないですかってお聞きしてみたんですよ！」

やっぱりか、と思いながら、西崎は「あれ？」とも思う。

「でも、この方の会社って違う階じゃなかったっけ……？」

「はい！　お隣さんだけだと失礼かなって、全部のお部屋にご挨拶をしてきました！」

西崎は呆《あき》れつつ、合点する。

なるほど、それで遅くなったわけか……。

そんな西崎に若菜は言った。

「西崎さん、相談に乗ってくれますよね!?」

同じビルの人を無下にあしらえるはずもなく、西崎はしぶしぶうなずいた。

「お力になれるかは分かりませんが、まずはおかけください」

ソファーをすすめ、西崎はつづける。

「それで、お困りのことと言いますのは」

「あの、探偵さんにこんなことを相談していいのか分かりませんけど……」

ためらう様子の女性に、若菜が言う。

「大丈夫です！　先ほどもお話ししましたけど、西崎さんは足を踏む人の秘密を解き明かしたばっかりなので！」

誇らしげな若菜に対して、西崎は曖昧な笑みを浮かべる。

その件については、たしかに予想だにしなかった世界を知ることができた。が、金銭的には完全なるマイナスで、あまり思いだしたくはないことだった。

西崎の気持ちを知るよしもなく、若菜は促す。

「さあ、ご遠慮なく！」

後押しされて、女性はようやく口を開いた。

「えっと、日頃から悩んでるのが、定食屋とかでのことなんですけど……」

女性はぽつりぽつりと話しはじめる。

「私、自分より後に注文した人の料理が先に来て、自分の料理が遅れて出てくるようなことがよくあるんです……他のテーブルと比べてのことだったらまだアレですけど、同僚とか友達とかと食事に行っても自分の料理だけが遅かったり、何なら一人だけみんなが食べ終わったあとに運ばれてきたり……店員さんに嫌われてるのかなとか、何かの罰《ばち》でも当たってるのかなとか、不運の星のもとに生まれたのかなとか、考えれば考えるほど憂鬱で……」

女性の表情はどんどん暗くなっていく。

しかし、西崎は申し訳ないとは思いながらも、苦笑を禁じえなかった。

注文した料理の順番が前後する。

そんなことは誰にだって経験があるし、自分もときどきその状況に見舞われる。憂鬱になる気持ちは分からなくはないけれど、どうにかできる問題じゃないし、この人もちょっと考えすぎじゃ……。

そんなことを思っていると、若菜が言った。

「西崎さん、これってなんだか匂いますよね？」

「匂う？」

「裏に秘密がありそうっていうか……」

またかと思い、西崎は呆れる。

「よく分からないけど……このあいだはたまたま知らない世界があっただけで、今回は別に何もないんじゃないかな。そもそも、今は優先すべき仕事があるわけで……」

西崎の言葉に、若菜はとつぜん何かを思いだしたような顔になった。

「あっ、肝心なことを忘れてました！　そのお仕事って、さっきおっしゃってたネット広告のことですよね？」

「そうだけど……」

「それなら、この方がお力を貸してくださるそうです！」

「えっ？」

「こちらの会社さん、ネット広告のお仕事をされてるらしくて！」

視線を向けると、女性は首を縦に振る。

「ええ、もしお困りでしたら、同じビルのよしみもありますので、まずは無料で相談に乗らせていただければと……」

とたんに西崎の心境は変化して、すぐにこう申し出た。

「分かりました。そういうことでしたら、できる限りは調べてみましょう」

もっとも、と、こうつづける。

「何かが判明する保証はありませんが……」

「ありがとうございます！」

女性よりも先に若菜のほうがそう言って、ひときわうれしそうな顔をしたのだった。

やがて女性が事務所を去ると、若菜は言った。

「じゃ、行きましょう！」

「行くって、どこに？」

「ランチです！」

西崎は時計に目をやった。

「ああ、もうそんな時間か……行ってらっしゃい」

「なに言ってるんですか！　ランチを兼ねて、さっそく定食屋を調査してみましょうよ！　あっ！　もしかして、また一人で調べようとしてますか!?」

若菜は抗議の声をあげる。

「私も一緒に行きますから！」

いや、そうじゃなくて……と西崎は思う。

節約のために、昼はコンビニのおにぎりとかで済ませようとしてたんだけど……。

しかし、すでにそんなことは言いだしづらい雰囲気になっていた。

代わりに西崎は若菜に言った。

「じゃあ、一緒に調べに行ってみようか……」

「やった！　よーし、調べるぞぉー！」

そうして、西崎は若菜をつれて近所の定食屋へと足を向けた。

店は多くの客でにぎわっていた。

空いていた二人席に案内されると、若菜はすぐに注文した。

「私、ニラレバ定食でお願いします！」

「ニラレバかぁ」

西崎はつぶやく。

「おれはレバーだけは苦手だなぁ……」

「ええっ、おいしいじゃないですか！」

「いやあ、お願いされてもちょっと無理だな……じゃあ、こっちはショウガ焼き定食で」

店員は下がり、そのうち二人分の食事が滞りなく運ばれてくる。

「同時に来たね……」

「ですね……」

周囲を見ても、どのテーブルにも配膳の乱れはないようだった。

西崎は言った。

「まずは、料理がまちまちに出てくる状況に出くわさないとね……」

それまでにかかる食費を思い、西崎は気分が重たくなった。


その日から、西崎は若菜をつれて定食屋を渡り歩いた。

たとえ同じ店であっても、混み具合や店員のシフトなどで配膳スピードは変わり得る。

そう考えて一か所を調べつづける路線もあったが、若菜はぽつりと口にした。

「でも、料理がまちまちに出てくるお店って、いっつもそうなイメージがありますよね」

西崎は一理あるかもしれないなと思わされ、新たな店を訪れていく方針をとることにした。

ついに当たりを引いたのは、しばらくしてだ。

入った定食屋で西崎たちがいつものように注文すると、ほどなくして若菜の料理だけが運ばれてきた。

「遠慮せずに、先に食べてね」

「じゃあ、いただいてますねっ」

そうして若菜が食べはじめるも、西崎の頼んだ料理は一向に運ばれてくる気配がなかった。

西崎は不安になって、店員に聞いた。

「すみません、あの、注文って通ってますか……?」

しかし、店員からは謝罪の言葉と大丈夫という返事があるばかりで、西崎はひたすら待つしかなかった。

やっと料理が運ばれてきたのは、若菜が自分の分を食べ終えたときだった。

その頃には、他の席でも配膳の乱れが多々発生していることを確認していた。

「ついに見つけましたね！」

嬉々《きき》としている若菜に対して、今の西崎は素直に喜べないところがあった。配膳が遅れ、自分だけが世界から取り残されたような気分に襲われていたからだ。

「私、先に調べてきますね！」

若菜はひとり席を立ち、店内をうろつきはじめる。

この、先に食べ終わった人がさっさと好きに動きだす感じも、置いてかれるみたいであんまり得意じゃないんだよな……。

若菜が戻ってきたのは、鬱々としながらも西崎が自分の料理をぜんぶ平らげた頃だった。

「西崎さん！　気になるところ、見つけましたっ！　こっちです！」

外に出て行った若菜に対して、西崎は慌てて支払いを済ませてついていった。

連れられたのは店の裏口だった。

そこには若菜の言葉通り、たしかに気になる光景が広がっていた。

どういうわけか、陸上のユニフォームを着た若者たちが岡持ちを持って走ってきて、次々に店の中へと入っては出ていっていたのだ。

そのとき、ちょうど店の人がゴミを出しに裏口に出てきた。

西崎は尋ねた。

「あの、ちょっとお聞きしたいことがあるんですけど……」

「はあ、何でしょう」

「さっきから人が走って来ていますよね？　彼らはいったい……」

「ああ、フードランナーの方たちですね」

「フードランナー？」

「厨房《ちゅうぼう》からここまで、走って料理を運んでくれている人たちですよ」

ポカンとする西崎と若菜に、店の人はこう語る。

この店の厨房は少し離れた場所にあるので、できあがった料理は誰かがここまで運んでくる必要がある。その役目を担うのがフードランナーで、ここでは近隣大学の陸上部の部員がそれを務めているのだという。

「どうして、わざわざ厨房を離したりしたんですか……？」

若菜が聞くと、店の人はこう答えた。

「賃料との兼ね合いで、そうせざるを得なかったんです。このあたりは駅の近くで集客には有利ですけど、そのぶん家賃が高いですからね。なので、この場所はお席に特化して、厨房は駅から離れた場所に設けたわけです」

若菜は納得しつつも、思わずこぼす。

「でも、走って運ぶなんて大変そう……」

「ええ、料理を崩すことなく速く運ぶには、かなりの技術が求められますね」

フードランナーの起源は飛脚にあるのだと、店の人は口にした。最小限に揺れを抑えて、駕籠に乗せた旅人を運ぶ。その伝統的な技術を受け継ぎながら、フードランナーたちは日々研鑽《けんさん》を積んでいる。

ただ、技術面での個人差は大きく、特にこの店のフードランナーにはまだまだ未熟な人も混じっている。ゆえに、厨房から店までの到着時間は担当するフードランナーによって異なり、料理が出てくる順番もおのずと変わってきてしまう。

「……なるほど、それで時間差が生まれていたわけですか。ということは、ぼくの料理の担当者は未熟な方だったんですか？」

西崎が聞くと、店の人は調べに行って教えてくれた。

「新入部員の子だったようですね。途中で何度も料理を崩して、新しいものを取りに戻っていたようです」

それは遅れるなぁと、西崎は思う。

ただ、同時に疑問も湧いた。

悪びれるそぶりもない店の人はいっそ清々《すがすが》しいとして、このシステムはなんてムダが多いのだろう、と。

「事情は分かりましたけど……それならそれで、車とかバイクとか自転車とか、他に料理を運ぶ手段はいくらでもありますよね？　わざわざ人力にしなくても……」

「他の手段は大なり小なり交通費や駐車場代がかかりますから。人が運ぶのであればそういったものとは無縁ですし、彼らの場合はトレーニングを兼ねているので賃金も発生しないんですよ」

「トレーニング？」

「ええ、みなさん、箱根での優勝を目標にがんばっていまして」

きょとんとする西崎たちに、店の人はこんなことも教えてくれる。

東京の大手町にはフードランナーの聖地と呼ばれる定食屋があり、毎年その店が中心となってフードランナーのための駅伝が行われている。ルートは正月に開催される箱根駅伝と同じだが、本家とは違うところもいくつかある。

その最たる点が、ランナーたちがタスキの代わりに岡持ちをリレーしていくことだ。

「あの、失礼ですが、本当ですか……？」

西崎は訝《いぶか》らずにはいられなかった。

「そんな大がかりなイベントなら、もっと世間的に知られていてもよさそうですけど……」

「残念ながら、まだまだマイナースポーツですからね。今年の大会はちょうど今週末にありますが、あなた方もご存じではないでしょう？　実際のところ、地元の人と関係者くらいにしか知られていないのが現状ですね」

自嘲気味の店の人に、西崎は言葉に窮してしまう。

若菜がつぶやいたのは、そのときだった。

「フードランナーの駅伝、見てみたいなぁ……」

それについては、西崎も全面的に同意だった。

「そうだね……ここまで来たら、さすがに現地に行かずにはいられないね」

何のことかと首をかしげる店の人に、西崎は遅ればせながら身分を名乗り、簡単に事情を説明した。

すると、店の人は信じがたいことを口にした。

「もしよかったら、駅伝当日の定食屋の席、お譲りしましょうか？　じつは、うちの店からも学連選抜で選手が一人出場することになっていて、私がチーム代表として参加する予定だったんですけど、急に店の用事が入りまして。まだ代理の人も見つかっていなかったので」

「いいんですか!?」

「ええ、あなた方の調査が、この競技を一般の人に知ってもらうきっかけにもなりそうですから」

西崎と若菜は思わず顔を見合わせて、即座にそのお言葉に甘えることにしたのだった。

大会の日はあっという間にやってきて、西崎は早朝に大手町の定食屋へとやってきた。

全部で二十ある席に座っている西崎も含めた一人一人は、各チームのゴールを務める人たちだ。

チケットは一人分しかなかったので、若菜は当初、留守番をすることになっていた。が、持ち前の行動力で駆け回り、奇跡的に西崎のチームの監督車に乗せてもらえることになった。

《なんだか緊張してきました……！》

若菜から届いたメッセージに、西崎はすぐに返事する。

《こっちもだよ……いよいよだね……》

西崎のチームの選手たちがリレーする肝心の料理については、先ほど注文を済ませていた。やってきた店員に、西崎は強い口調でこう告げた。

「ショウガ焼き定食でお願いします！」

その料理は厨房でつくられ、すでに店前で控える最初の選手の岡持ちの中に入れられている。ここから先は有志によるWEB中継を見つめながら、席に座って料理が無事に運ばれてくるのを待つのみだ。

この駅伝では一日で箱根とのあいだを往復するため、朝の8時にスタートしたのち、ゴール――すなわち注文した料理が到着するのは夜となる。歴代最速の到着時間は18時台で、それまでは選手を信じてひたすら空腹で待ちつづけることになる。

西崎の頭に、自チームの選手たちが声をそろえて掛けてくれた言葉がよみがえる。

「ぼくらは寄せ集めのチームかもしれないっすけど、西崎さんには絶対、最高のメシを一番に食ってもらうっすから！」

ニカッと笑った彼らの顔がよみがえり、改めて胸が熱くなる。

そのとき、中継の映像が切り替わり、スタート地点が映しだされた。

選手たちがずらりと並ぶ中、沿道もたくさんの人でごった返して——はいなかった。

そこには関係者らしき人たちがパラパラといるばかりで、西崎は店の人の「マイナースポーツ」という言葉を思いだす。

しかし、観客が多かろうが少なかろうが関係ない、と西崎は思う。

チームのみんな、おれのショウガ焼きを頼んだぞ——。

スタートを告げるピストルが鳴ったのは、その直後のことだった。

選手たちが一斉に飛びだしていき、フードランナーたちの祭典が幕を開けた。

チームカラーで彩られた岡持ちが交錯する中、西崎たち学連選抜チームの銀色の岡持ちも堂々と輝きを放っていた。その岡持ちには、中の料理を夜まで守り抜くための冷蔵機能が備わっている。それ以外はふつうの岡持ちと変わらないので、油断すると収めた料理はいともたやすく崩れてしまう。

競うのはゴールまでの速さだけではない。ゴール時の料理の美しさも順位に反映されるのが、この駅伝の特徴だ。

西崎が手に汗握って見守る中、選手たちは右手と左手で交互に岡持ちを持ち替えながら地面を蹴って進んでいく。

一区は混戦状態のまま、あっという間に岡持ちをリレーするときが来る。

西崎のチームの選手も鶴見《つるみ》中継所で岡持ちを無事にリレーして、二区の選手が力強く出発した。この戸塚《とつか》までの区間が花の二区と呼ばれるのは本家の箱根駅伝と同じで、配置された各校のエース級のフードランナーたちが次々と素晴らしい走りを披露する。ダイナミックな選手たちの動きとは対照的に、岡持ちのほうはまるで衝撃を打ち消す装置でも備わっているかのように微動だにせず、安定した水平状態で運ばれていく。

その二区で、西崎のチームの選手は先頭集団につける好走を見せて次の選手に岡持ちを託した。

が、つづく三区、四区とチームは遅れをとりはじめ、気づけば十位前後を争う位置にまで後退していた。

——まだまだ大丈夫！　焦らず行けよっ！

西崎の応援は、さらに熱を帯びていく。

——みんな、自分の走りを忘れるなっ！

小田原《おだわら》から芦《あし》ノ湖《こ》を目指す五区は、かの有名な上り坂だ。本家で山の神たちを輩出しつつ多くのランナーを苦しめてきたこの区間は、フードランナーにとっても難所中の難所になっている。走るフォームと坂で自然と傾く岡持ちのバランスを取るのが難しく、これまで数々の選手を泣かせてきた。

そんな中、西崎のチームの五区の選手も険しい顔で走りつづけた。

見ているうちに心配になり、西崎は若菜にメッセージを送った。

《苦しそうに見えるけど、大丈夫かな……？》

若菜からはすぐに返事がある。

《大丈夫みたいです！　監督いわく、この選手が走るときはいつもこんな表情だと！》

その言葉の通り、選手は失速するどころかスピードを上げて前を行く選手をどんどん抜いて、芦ノ湖についたときには五位にまで順位を上げていた。

――よし、よし、トップを狙える可能性もまだあるぞ！

岡持ちは芦ノ湖で次のランナーに託されて、六区の選手が折り返して東京に向けて出発する。

その六区、さらには七区、八区、九区と順調に順位を上げていき、最終十区の選手に岡持ちが託されたときには西崎のチームは先頭集団を成す三チームのうちのひとつになっていた。

《優勝もありますかね!?》

若菜からのメッセージに、西崎も興奮を抑えられない。

《いやいや、こういうときこそ気を引き締めないと！　でも、十分に圏内だよね……！》

その一方で、同じ頃にはトップとのタイム差が大きい下位チームが次々と悲劇に見舞われていた。

無念の繰り上げスタートだ。

それを告げられたチームは前の選手の到着を待つことなく、次の選手が出発しなければならなかった。岡持ちはリレーされず、選手は中身がカラの予備の岡持ちを手にしてスタートを切る。そこに遅れて前の選手が到着し、その場に崩れ落ちて人目もはばからずに泣きじゃくる。

中継で一連の様子を見つめながら、西崎は目頭を熱くした。店で待つ他の人々も静かになって、鼻をすする音だけが聞こえてくる。

西崎は祈る。

すぐには無理かもしれないけれど。

この経験が、どうか糧になってほしい――。

西崎のチームの選手に異変があったのは、そのときだった。

選手がしきりに顔をしかめはじめたかと思った矢先、スピードが急に落ちたのだ。

店内もどよめき、騒然とする。

《何があった⁉》

慌てて若菜にメッセージを送ると、すぐに返事がかえってきた。

《分かりません！　でも、体調がすごく悪そうです……！》

どんどん後退していく選手の様子は中継でも頻繁に映しだされる。

監督が車から声をかけるも、選手は顔をしかめながら小さくかぶりを振るばかりだ。

そのうち、選手はふらつきはじめた。足こそ止まらないものの、素人目にも危うさを感じる状態だった。

《脱水症状みたいです》

若菜からメッセージがつづけて届く。

《本人が止まらないのでつづけてますけど、監督判断で棄権もあり得るということです》

棄権――。

その言葉の重みに、西崎は息をのみこんだ。

選手は岡持ちを意図せず大きく揺らしながらも、なんとか前に向かってひた走る。

無情にも後ろからは他のチームの選手が追い抜いていき、順位はどんどん下がっていく。

それでも、西崎のチームの選手はふらふらと前に向かって走りつづける。

選手たちの言葉がよみがえる。

——西崎さんには絶対、最高のメシを一番に食ってもらうっすから！

別にいいよ、と西崎は思う。

そんなものは食べられなくていい……だから、身体のためにも今すぐ棄権してほしい……。

西崎は若菜を通じて、自分の思いを選手にも伝えた。が、選手はかたくなに拒んで進みつづける。

一位の選手が、ついに定食屋に到着した。

後続の選手も続々と着き、定食屋にはゴールを務める人たちが運ばれてきた料理を頬張りながら選手をたたえる光景が広がっていく。

そんな中、西崎のチームの選手は岡持ちを地面に何度もぶつけながらも、いまだふらふらと走っていた。

西崎は居てもたってもいられなくなって、店を飛びだしゴール地点で選手を待った。

陽《ひ》は沈み、あたりは暗闇に包まれていた。

拝むような気持ちでいると、街灯の下にとうとう選手の姿が浮かびあがった。

「あと少しだ！　がんばれ！」

西崎は張り裂けんばかりに声をあげる。

自分のチームは、気がつけば最下位になっていた。

が、そんなことはどうでもよかった。

沿道の人たちも、精一杯の声援を送ってくれる。すでにゴールしたチームの選手や関係者たちも集まってきて、力の限りに声を出す。

「あとちょいだ！」「行けるぞ！」「ここまで来たなら走り切れっ！」

全員が見守る中で、選手は見事にゴールテープを突っ切った。

とたんにチームメンバーが駆け寄っていき、選手はバスタオルにくるまれる。

「西崎さん、ひどい顔になってますよ……！」

監督車から降りてきた若菜は、涙でぐしゃぐしゃになった西崎を目にしてそう言った。

「いや、花倉さんこそ……！」

若菜の顔も言わずもがなで、二人は泣きながらも笑顔になる。

やがて、西崎のもとに選手たちがやってきた。その中には、仲間に支えられた十区の選手の姿もある。

選手の一人が進みでて、西崎に岡持ちを差しだした。

「西崎さん、すみません……約束は守れなかったっすけど、もしよければ食ってやってもらえませんか……」

「もちろんだよっ!」

西崎は岡持ちを受け取った。

開けてみるまでもなく分かっていた。

自分の頼んだショウガ焼きが、見るも無惨な姿になっていることは。

きっと、豚肉もキャベツも混ざってしまっていることだろう。味噌汁のお椀《わん》もカラだろう。

だが、それがどうした、と西崎は思う。

自分はありがたくいただくのみだ――。

ところが、熱い気持ちで岡持ちを開けたときだった。

西崎は、えっ、と目を疑った。

そのまま固まっている西崎に、若菜が心配そうに声をかける。

「どうかしましたか……?」

「いや……」

現れた料理は、予想通り原型をとどめていなかった。

しかし、問題はそこではなかった。

西崎は呆然《ぼうぜん》と立ち尽くす。

これはさすがに……。

店の人が注文を聞き間違えたか。

岡持ちから出てきたのはショウガ焼きではなく、西崎の苦手なニラレバだった。

保存しないままファイルを閉じる

西崎がパソコンに向かっていたのは、ある朝のことだ。

まとめていたのは報告書。

素行調査をしてほしいと珍しく本業の依頼が舞いこんで、数日間の調査を経たのち、結果を報告するための書類を徹夜で一気に作成していた。

と、長時間のデスクワークに疲れを覚え、目頭を指で揉《も》んでいたときだった。

事務所の扉がとつぜん開いて、若菜が元気よく入ってきた。

「お疲れさまです！」

西崎は首をかしげて若菜に尋ねた。

「あれ？　レポートはもういいの？」

大学の授業で立てつづけにレポートの課題が出てしまった。

そう言って、若菜はここ数日は事務所に顔を出しておらず、本業の仕事は西崎一人で行っていた。

西崎の言葉に、若菜は、いえ、とかぶりを振った。

「まだまだ残ってます！」

「あ、そう……じゃあ、どうしたの？」

「じつは西崎さんに相談のある子がいて……あっ、来た来た！」

扉の外に人影が現れ、若菜はその人物を中へと招く。

入ってきたのは若い女性で、若菜は大学の友達なのだと紹介した。

西崎は報告書をいったん閉じてとりあえずソファーをすすめると、若菜に尋ねた。

「相談があるっていうのは、こちらの方？」

「です！　さ、西崎さんに話してみて！」

「でも……」

女性は、もじもじしながらこう言った。

「別に相談するほどのことじゃ……」

「西崎さんなら大丈夫だって！　それに、困ってるのはほんとでしょ？」

「まあ、うん……」

女性はなおもためらっていたが、やがておずおずと口を開いた。

「あの……私、よく書いたものを消しちゃうんです……」

「書いたもの？」

尋ねる西崎に、女性は答える。

「パソコンで何かを書いてるときのことなんですけど……保存しないままファイルを閉じちゃって、書いたものが丸々消えちゃうことがよくあるんです。ちょうど昨日も一日レポートを書いてたんですけど、やっと終わって閉じてから、ちゃんと保存したか不安になって……慌ててたしかめてみたら、がんばって書いたところがぜんぶ消えてて……」

女性は暗い表情になる。

「もう、わぁぁ！　ってなって、どうしようもなく憂鬱な気持ちに襲われて……とりあえず若菜に話を聞いてもらったんです。そしたら、慰めてくれて、西崎さんに相談したらいいよって……」

でも、と女性は口にした。

「相談っていう以前に……こんなこと言われても困りますよね？　そもそも自業自得ですし……」

なんだ分かってるじゃないか、と西崎は思う。

保存しないまま誤ってファイルを閉じて、書いた文書を消してしまう。

それは誰もが経験のあることだろう。

あまりの悲劇に、一度やれば絶対に二度とやるものかと心に誓う。が、だんだん気がゆるんできて、うっかりまたやってしまう……。

同情はするし、憂鬱だという気持ちにも共感する。

しかし、どこまでいってもそれは不注意だとしか言えないし、やらかしたあとにできるのは、消した内容を覚えているうちにさっさと文書を作成し直すことくらいだろう。

早く帰って、レポートを書き直したほうがいいんじゃないかな――。

西崎がそう伝えようとしたとき、若菜が言った。

「これってぜったい、何かありますよね!?　あんまり知られてない秘密みたいなものが！」

またか、と西崎は閉口する。

「いや、さすがにこれは……」

「でも！」

若菜はぐいぐい西崎に迫る。

「これまでだって、なさそうで何かがありましたよね⁉　今回も、その何かがある気がするんです！　だから、なんとか調べてもらえませんか⁉」

若菜にその根拠を問いただそうとして、西崎は思いとどまった。また直感だと言われるのが関の山で、問いただしたところで徒労に終わるだけな気がしたからだ。

一方で、これまではたしかに若菜の直感が正しかったことも思いだす。何もないと思いこんでいたところに、じつは知らない世界が潜んでいた……。

あれこれ考えてつい無言になっていると、女性が言った。

「若菜、やっぱりいいよ……さすがにどうしようもないって……」

その言葉に、揺れていた西崎の心の天秤《てんびん》は片方に振れた。

「いえ、そういうことなら、まずはやるだけやってみましょう」

ちょうど仕事も一段落しそうなところで、ほかには特にやることがないことも大きかった。

しかし、それ以上に「どうしようもない」と言われるとなんだかプライドをくすぐられ、西崎はそんな返事を口にしていた。

「いいんですか……？」

「まあ、どうなるかは分かりませんが」

隣で若菜が笑顔になった。

「やった！　ありがとうございます！」

そうして、西崎はこの妙な依頼を引き受けることにしたのだった。

女性がひとり帰っていくと、西崎は残った若菜に尋ねた。

「あれ？　帰らなくていいの？　レポートがあるんだよね？」

「やらなきゃですけど……それよりも今は調査です！　持ちこんだのは私なので、責任をもってやり遂げます！」

「でも、調査って、具体的にはどうするつもり？」

西崎自身、引き受けたはいいものの、その点を考えあぐねていた。調べようにも、何から着手したらいいものか……。

「悩むより先に、とりあえず書いて消してみようと思います！　こんなこともあろうかと、パソコンも持ってきましたので！」

そう言うと、若菜はノートパソコンを取りだした。

準備のよさに苦笑しつつも、まずはその方法しかないかなぁ、と西崎は思う。

「じゃあ、先にやっててもらえる？　こっちは仕事を片づけたあとで合流するから」

「任せてください！　よーし、やるぞぉー！」

猛烈にキーを叩《たた》きはじめた若菜を横目に、西崎もイスに座ってパソコンに向かった。

悲鳴が事務所に響きわたったのは、直後のことだ。

「わぁぁっ！」

発したのは西崎で、若菜は慌てて手を止めた。

「どうかしましたか!?」

「報告書がぁっ！　徹夜で書いた文章がぁっ！」

西崎はパニックに陥った。

どうやら先ほど保存しないままファイルを閉じてしまったらしく、一晩かけて完成しかけていた報告書は着手前のまっさらな状態に戻っていた。

呆然《ぼうぜん》とする西崎に、事情を悟ったらしい若菜は遠慮がちに口にした。

「消しちゃったのなら、内容を覚えてるうちに早く書き直したほうがよさそうですね……」

正論を言われ、西崎はうなだれる。

分かってる。

分かってるけど、気持ちの整理が……。

そして、心の中で強く誓う。

もしもこの現象に秘密があるなら、何としてでも解き明かしてやるぞ、と。


その日から、西崎と若菜は手がかりをつかむべく二人して調査をはじめた。

と言っても、作業はいつにもまして地味だった。

適当に文字を書いては、わざと保存せずにファイルを閉じる。二人は事務所でパソコンに向かい合い、ひたすらそんな行為を繰り返した。

並行して、何か知っているんじゃないかと文書作成ソフトのカスタマーサービスへも連絡してみた。が、データの復旧方法を知りたい者だと思われて「よくある質問」に案内されたり、電話をしても困惑した反応が返ってくるのみで手がかりを得ることはできなかった。

時間だけが過ぎる中、西崎たちは弊害にも見舞われた。

変な癖がつき、大事な文書を書いているときにも無意識のうちにファイルを保存せずに消してしまうことが頻発するようになったのだ。

「西崎さん……私、昨日の夜、せっかく書いたレポートをぜんぶ消しちゃいました……」

あるときの若菜は沈んだ表情で西崎に言った。

「何度も推敲《すいこう》してやっと完成させたのに最初からになって……おかげですっかり寝不足です……」

西崎もげんなりした表情で若菜にこぼす。

「おれもチラシを作ってたのに保存し忘れてパーになったよ……作り直すのは、もう今度でいいかぁ……」

二人は同時にため息をつく――。

突破口が開かれたのは、そんなある日のことだった。

いつものように事務所で調査に勤《いそ》しんでいると、若菜が不意にこんなことを口にした。

「あっ、また……」

「どうかした?」

尋ねた西崎に、若菜は答えた。

「いえ、大したことじゃないんですけど……なんか今、いい匂いがしたなって……」

「いい匂い？」

「はい、甘い感じの……」

若菜はつづける。

「この調査をするようになってから、ときどき同じような匂いがするんです。気のせいかもしれませんけど……」

黙りこんだ西崎に、若菜は慌てて取り繕った。

「あっ、私、変なこと言ってますよね！　すみません！　忘れてください！」

「いや……」

西崎は若菜を見すえた。

「もしかすると、ヒントになるかも」

「えっ……!?」

「まあ、まだ何とも言えないけど……でも、今のところほかに手がかりもないし、とりあえずもう少しその匂いのことを調べてみるのはアリだと思って。それって、今もしてる？」

「いえ……」

「じゃあ、次にしたら教えてね」

「はいっ！」

若菜は使命感を帯びた表情でうなずいた。

意識をするようになったからか、それからの若菜は調査中に声をあげることが一気に増えた。

「いま匂いました！」

何度言われても西崎はまったく感知できずに首をひねるばかりだったが、若菜はためらうことなく断言した。

「絶対にしました！」

若菜によると、それは決まって文書を書いている最中にパソコンの画面のほうから漂いはじめるらしかった。そして、その匂いをかぐとなんだか作業が一段落したような気になってきて、保存ボタンを押すより早くいつの間にか勝手にファイルを閉じてしまっているのだという。

これは絶対に何かある……。

西崎はそう確信し、好奇心も相まってさらに踏みこんでみることにした。知人をたどって匂いを分析するプロに頼み、若菜の言う匂いを採取して可能な限り調べてもらった。

その結果、驚くべきことが判明した。

匂いは、ある種の植物が出すものとよく似ているという。

「なんでパソコンからそんなものが……」

困惑する西崎に、若菜もうなずく。

「不可解ですね……」

ここまで来たら、やるだけやろう。

二人はそう言い合って、次なる行動に移ることを決意した。匂いの謎に迫るべく、片っぱしから植物園に連絡してみることにしたのだ。

植物園の人たちには調査の経緯を話しつつ、文書を消してしまう現象と植物との接点に何か心当たりがないかとひたすら尋ねた。

ほとんどが空振りに終わったものの、西崎たちはついに一人の人物にたどりついた。

その人こそ、パソコンから出ているのと似た匂いを出すというある種の植物——食虫植物の愛好家だった。

西崎たちはさっそくアポイントを取りつけると、その人の自宅兼植物園に足を運んだ。

出迎えてくれたのは老齢の男性だった。

挨拶もそこそこに西崎がさっそく本題を切りだすと、男性はすぐにこう言った。

「ああ、それは食文字植物の仕業で間違いないと思いますよ」

西崎と若菜は同時につぶやく。

「ショクモジ、ショクブツ……?」

「食虫植物の親戚にあたる植物ですが、虫ではなくて文字を食べて生きているのでそう呼ばれていましてね。文字には書いた人のエネルギーが蓄えられていますから、エサにはうってつけなんですよ」

ポカンとする二人に、男性は笑ってつづけた。

「まあ、まずはご覧いただきましょう」

男性に案内されて、西崎たちは併設された温室へと足を踏み入れた。

緑の生い茂る中を進んでいくと、やがて男性は足を止めた。

「これがそうです」

西崎と若菜は、男性の視線の先に目をやった。

そこには縦長のツボのような袋をたくさんつけた植物があった。

「これって、ウツボカズラですか……?」

若菜の言葉に、西崎も記憶がよみがえる。

ウツボカズラは食虫植物の一種で、たしかこのツボみたいな袋の中に虫をおびき寄せて栄養にするんじゃなかったか……。

「まさに、その仲間です」

男性はうなずき、ですが、と言った。

「これが捕食するのは虫ではなくて文字ですが」

さっきも言っていたな、と西崎は尋ねる。

「その、文字を食べるというのは、どういう意味で……」

「ぜひ袋の中をのぞいてください」

促され、西崎と若菜は近くにあった袋のひとつをのぞきこんだ。

そのとたん、二人は目を見開いた。

袋の底には液体がたまっていて、小さな黒いものがぽつぽつと浮かんでいた。シャクトリムシャガ、コバエかと思ったが、崩れかけたそれらは紛れもない「ん」や「ホ」や「点」などの文字だった。

「文字だ……」

「文字ですね……でも、こんなものどこから……」

「今はもっぱら、そこからです」

西崎たちが言われたほうに目をやると、植物のそばにタブレット端末が設置されているのに気がついた。

男性は言った。

「文字たちは、この植物が分泌している蜜の匂いに誘われて端末の中から出てくるんです。そもそも電子的な文字というのは、文書ファイルを保存せずに閉じたときなどにサイバー空間に放りだされるものでしてね。そこにネットを通じてこの植物の匂いが漂ってくれば、文字はふらふらと誘いだされて植物の近くの端末から飛びだしてくるんですよ。ちなみに、蜜には文字をおびき寄せるだけではなくて、人を惑わす力もありまして。嗅ぐと満足感に襲われて、目の前の作業が終わったような気持ちになるんです」

若菜はうんうんとうなずいた。

「匂いがしたら、まさにそんな感じになりました……！」

「結果、人はさっさとファイルを閉じたくなって、文書を保存し忘れるというミスを誘発します。つまりはサイバー空間に放りだされる文字が多くなり、食文字植物にとってはエサが増えてうれしい状況になるわけですね」

もっとも、と男性は笑った。

「その匂いは、普通は人には感知できないはずなんですが」

西崎は感嘆するやら呆れるやらしてしまう。

花倉さんの鼻は、いったいどうなっているんだ、と。

若菜が「あっ」と声をあげたのは、直後のことだ。

「あの匂い！」

「えっ？」

「ほら！　今してます！」

「ええっ？」

西崎は鼻をくんくんさせるも、何も感じ取れやしない。

やっぱり全然分からない……。

そう思った次の瞬間、西崎は言葉を失った。

設置されていたタブレット端末から、小さく黒いものが無数に飛びだしてきたからだ。

それらは紛う方なき文字たちの群れだった。

西崎たちの見ている前で、文字たちはふらふらと飛んで食文字植物の袋のほうに近づいていく。文字たちはそのまま袋の口に止《とど》まろうとする。が、つるんと滑ってどんどん中に落ちていく。

西崎が急いで袋のひとつに駆け寄ると、文字たちは内側を登ろうとしてツルツルと滑っていた。

後ろで男性が口にした。

「一度入ってしまったら、もう二度と出られません。あとは力尽きて消化液で溶かされるのを待つだけです」

自然の摂理とはいえ、文字たちがもがく姿に西崎は少しだけぞっとする。

自分が保存し忘れて消えてしまった文字たちも、こんなふうに食べられているのか……。

しかし、若菜の反応は逆だった。

「なんだか、ちょっと救われますね」

「どういうこと……?」

「書いたものが消えたときって、すごく憂鬱になってましたけど、どこかで植物の栄養になってるんだって思ったらムダじゃない気がするっていうか。想像したら、なんとかまた書き直す気力が湧いてきそうです!」

そんな簡単に切り替えなんかできないよ……。

そう思う一方で、若菜の感覚も理解できないわけではなかった。

秘密を知って、今度から気持ちが少しでも変わればいいな……。

ともあれ、西崎は男性に向かって別の疑問を口にした。

「こんなことが起こっているとは本当に驚きました……ですが、この植物がサイバー空間の文字を食べているのだとしてですよ？　パソコンが登場したのなんてここ数十年くらいの話ですし、それまでこの植物は何を食べていたんですか……？」

「手書きの文字です」

男性は語る。

「ほら、ときどき紙に書いたはずのメモが見当たらないことがあるでしょう？　あれはメモの文字を食文字植物が誘いだして捕食しているからなんですよ。文字の抜けたあとのメモは白紙になるので、人はてっきりメモした紙自体をなくしたんだと勘違いするわけですね。そのメモしたものをついあたりに放っておいてしまうのも、蜜が人に作用した結果であることが少なくありません。ただ、手書きの文字は紙からなかなか出てこないので、この植物はサイバー空間の文字のほうをより好むようですが。いずれにしても、食文字植物というのは文字を捕食するために昔から意外と人の近くに生息していましてね。我々が気づいていないだけで、いろいろなところに影響が出ているんです」

西崎は唸《うな》る。

そんなことにも食文字植物が関係してただなんて……。

またひとつ世界が広がったような気分になって、ひとり考えこんでしまう。

西崎を異変が襲ったのは、そのときだった。

ふらっとしたかと思ったら、意識が急に遠のいた。

「西崎さん……？」

とつぜん固まった西崎を、若菜は心配そうにのぞきこんだ。

そのとたん、若菜の目に信じがたい光景が飛びこんできた。

半開きになった西崎の口から、次々と文字が出てきたのだ。

若菜は絶句しながら、その光景に釘《くぎ》づけになる。

文字はすぐに出てこなくなり、西崎の瞳にも光が戻った。

「だ、大丈夫ですか……!?」

若菜がそう尋ねると、西崎は何事もなかったかのように返事をした。

「えっ？　大丈夫だけど……ってか、いま何の話をしてたんだっけ？」

「いや！　そんなことより！　何ともないですか!?」

きょとんとしながら西崎は言う。

「何のこと？　そんなに慌ててどうしたの……？」

会話も嚙《か》み合わずに若菜が困惑していると、男性が笑って口にした。

「驚かれるのも無理はありませんが、ご安心ください。今のも食文字植物によるものですから」

男性は別の一角を指差した。

そこにはハエトリグサのような植物が生えていて、口のようになったギザギザの葉をどんどん閉じているところだった。捕食されていたのは、今しがた西崎の口から出てきた文字たちだ。

「食文字植物にもいくつか種類がありまして。そちらは人の脳内空間を漂う文字をおびき寄せて、捕まえて食べるやつらなんです」

呆然とする若菜に、男性はつづけた。

「ど忘れというのがあるでしょう？　あの多くも、じつは食文字植物の仕業でしてね」

ジャンケンでいつも負ける

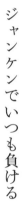

西崎は机に置いたスマホと手元を交互に見ながら、慎重に確認をつづけていた。

スマホの画面を上から下まで十往復はしただろうか。

しかし、一致するものはひとつもなく、西崎は大いに落胆する。

またダメだったか……。

西崎の手元にあったのは結果が発表されたばかりの宝くじだ。連番で1セットを購入していた西崎は祈りながら番号を確認したが、当たっていたのは確実に入っている六等一枚のみだった。

いつになったら上位の賞が当たるのか……当たったら、いろいろラクになるのになぁ……。

西崎はひとりため息をつく。

若菜が事務所にやって来たのは、そのときだった。

「お疲れさまですっ！」

声を聞いて、西崎は慌てて宝くじの束をしまった。

一攫千金《いっかくせんきん》を夢見て、ひそかに宝くじを買いつづけている。

そのことを、なんとなく若菜には知られたくなかったからだ。

そんな西崎のそぶりには気がつかず、若菜は言った。

「ほら、ちゃんと西崎さんに挨拶して！」

直後、西崎は若菜の後ろに小さな影を発見した。そこにいたのは小学校高学年くらいの少年で、もじもじしながら口を開いた。

「こんにちは……」

西崎も「こんにちは」と返事をすると、若菜が言った。

「この子、親戚の子なんですけど、西崎さんにお願いがあって……」

西崎はとりあえず二人をソファーに促しながら、何のお願いだろうと首をかしげた。

親御さんが迎えに来るまでここにいてもいいか、というところだろうか。それならまあ、急ぎの仕事も特にないし、別にいいけど……。

ところが、若菜が口にしたのはこうだった。

「この子、悩みがあるんです！　だから、西崎さんに調べていただけないかと思って！」

「悩み……？」

西崎は少年に視線をやった。その表情は明らかに沈んだものになっていて、西崎は瞬時に気を引き締める。

最近の学校では、SNSなんかも絡んで深刻な問題がいっそう増えていると耳にする。この少年も、そのたぐいの難しい悩みを持っているのかもしれないな……。

居住まいを正して、西崎は少年に尋ねた。

「悩みというのは何かな？　力になれるかは分からないけど、まずは詳しく教えてもらっても構わないかい？」

少年はためらうような様子を見せたが、若菜に背中を叩《たた》かれて口を開いた。

「ぼく、ジャンケンでいつも負けるんです……」

「……うん？」

想定と異なる返答に西崎が困惑していると、若菜が言った。

「ほら、もっとちゃんと言わないと分からないよっ！」

再び若菜に背中を叩かれ、少年はつづける。

「えっと……鬼ごっことかかくれんぼのときとかにみんなでジャンケンをするんですけど、負けてばっかりで勝てなくて……給食でデザートが余ったときとかにも欲しい人でジャンケンをするんですけど、勝てたことなんか一回もなくて……あっ、あと、アニメの最後にやってるジャンケンとかでもいっつも負けて……もうジャンケンなんかしたくないです……」

しょんぼりする少年の横で、若菜が言った。

「って感じなんですけど、西崎さん、どうでしょうか⁉」

「いや、どうでしょうかって……」

西崎は言葉に窮《きゅう》してしまう。

少年の気持ちは分からないでもない。ジャンケンといえども負けがつづくとさぞ憂鬱になるだろうし、もうやりたくないと思うようにもなるかもしれない。

その一方で、ジャンケンの勝ち負けというのはどこまで行っても確率の問題でしかないものだ。もちろん相手が自分より後から手を出したりする反則をしていれば話は別だが、今回はそういうことではないらしい。となれば、この少年もたまたま負けがつづいているだけに過ぎないから、何も気にする必要はない。

西崎は励ますつもりで、少年にそう伝えようとした。

しかし、それより早く若菜が言った。

「あっ、そうだ！　西崎さんに分かってもらうためにも、いまジャンケンしてみましょう！」

真っ先に反応したのは少年だった。

「えっ、やだよ……どうせ負けるし……」

「いいからやるよ！　お願いしに来たんだから！」

「……じゃあ」

「西崎さんもいいですよね!?」

「いいけど、ジャンケンなんて久しぶりだな……」

「決まりですね！　行きますよ！　それじゃあ……ジャン、ケン、ポンッ！」

若菜の掛け声で、三人はいっせいに手を出した。

若菜はグー、西崎と少年はチョキだった。

「ほら、やっぱり負けました！」

「いや、まあ、そうだけど……完全にたまたまだよね」

「じゃあ、もう一回やりましょう！」

西崎と少年はしぶしぶ付き合い、三人はつづけざまにジャンケンをした。

しかし、何度やっても少年、さらには西崎も若菜に負けた。そして、少年がもうやりたくないと言ったところでジャンケンは終わった。

「これで分かってもらえましたか!?」

若菜が迫るも西崎はやはり認めたくなく、あくまで偶然が重なっているだけだと考えた。

が、調べるだけは調べてみるかぁ、と西崎は思うようになっていた。

少年がなんとも気の毒だったからだ。おまけに、自分が若菜に負けつづけたことも釈然としなかった。

「……まあ、あくまで確率の問題だとは思うけど、なんだか気になってきたから一応は調べてみるよ」

その言葉に、ふてくされていた少年の表情は少しだけ明るくなった。

調査にあたり、西崎と若菜が最初に行ったのはジャンケンにまつわる聞き込みだった。

それによると、ジャンケンは思いのほか心理戦を意識している人が多いことが明らかになった。

たとえば、仮に一対一でグーであいこになった場合、ある人は次にチョキを出すようにしていると教えてくれた。人は連続して同じ手を出すのを避ける傾向があるらしく、この場合は相手が次にチョキかパーを出す可能性が高くなる。そこに自分がチョキを出せば、勝ちかあいこになることはあっても負ける可能性は低くなる。そういう理論だ。

あるいは、見知った相手であれば秘密裡《ひみつり》に癖を把握しておくという人もいた。焦るとついパーを出してしまうような人には、ジャンケンをするときにあえてテンポを速めて焦らせることでパーが出る可能性を高くして勝負に挑む。

中には、無意識に働きかけるという人もいた。ジャンケンの直前にさりげなくハサミを見せ、チョキを誘導するようなイメージだ。

さまざまな必勝法を聞く中で、西崎は何も考えずにジャンケンに臨んでいた自分のことが恐ろしくなってきた。

世の中のジャンケン事情は、こんなことになっていたのか……。

同時に、若菜に自分が負けるのも、彼女が何らかの必勝法を駆使しているからだろうかと考えた。

「花倉さんはさ、おれと勝負するときに作戦とか考えてるの？」

単刀直入に尋ねると、若菜は首を横に振った。

「いえ！　何も考えてません！」

その目にごまかしはなかったが、それはそれで西崎の混乱は増すばかりだった。

純粋に臨んでいるのなら、なおのこと自分はどうして花倉さんに負けつづけるのか……。

加えて、依頼主の少年のことにも思いを馳《は》せる。あの少年がジャンケンで勝負する相手も、みんながみんな必勝法を駆使しているとは思えなかった。ましてや、心理戦が絡む場合は大人数になればなるほどコントロールが利かなくなって、たとえ何かを仕掛けたところで効果はあまり見込めない。

その状況で、少年もどうして負けつづけるんだ……。

ある噂《うわさ》が耳に入ったのは、調査を進めている最中だった。

ジャンケンが異常に強い男がいる。

そんな情報を若菜がたまたま入手してきて、西崎たちはその人物が出没するという都内のバーを訪れた。

満員の店内にはどこか荒《すさ》んだものが漂っていて、二人が隅に座って待ち受けていると、やがて目つきの鋭い屈強な男が入ってきた。

その瞬間、居合わせた客の雰囲気が一変した。西崎たちも、この男こそ目的の人物であることをおのずと悟る。

男は先客をどかせてカウンターの一席に腰かけると、ぎろりと周囲を見回した。

「さあ、やりたいやつは名乗り出な」

男の言葉で、客の一人が進み出た。

「いい勇気じゃねぇか。掛け金を出しな」

促され、客は一万円札をカウンターの上に載せる。対する男も内ポケットから何かを取りだし、カウンターにどかんと置いた。それは一万円の札束で、西崎も若菜も目を見開く。

「あんたが勝ったら、これを全部くれてやる。ルールはジャンケン一本勝負だ。準備はいいな？　ジャン、ケン……」

場の全員が見守る中で、ポンッ、という掛け声が店内に響く。

その直後、男が「がはは」と声をあげ、客の出した一万円札を荒々しく自分のもとに引き寄せた。

「残念、おれの勝ちだな。次っ！」

うなだれる客と入れ替わりにまた別の客が進み出て、男とのジャンケン勝負を行った。が、その客もあっさり負けて、再び男の勝ちとなる。

「噂はほんとだったんですね……」

若菜は声をひそめて西崎に言う。

現金を賭けてジャンケンをする闇賭博場が存在していて、そこに近ごろ現れた男が連戦連勝を重ねている。

若菜が耳にしたのは、そんな噂だった。

「そうだね……見たところは別にイカサマもしてなさそうだし、なんであいつは勝てるんだろう……」

西崎も応じながら、目の前で繰り広げられる勝負を見つめる。

男の前には新たな相手が次々と進み出ていった。が、あいこにすら一度もならず、男はすべての相手に勝ちつづけた。

がっぽり稼ぎ、対戦相手に誰も名乗り出なくなったところで男は言った。

「また来るよ。次はせめて、あいこくらいにはさせてくれよ」

男は高笑いしながら札束を懐にしまい、堂々と店を出ていった。

西崎と若菜が動きだしたのは直後のことだ。

「行こう」

「はいっ！」

西崎たちは立ち上がり、急いで男のあとを追った。

追いついたのは店を出てすぐのところで、西崎は意を決して声をかけた。

「すみません、ちょっとお話を聞かせていただきたいんですが」

「なんだ、あんたら」

男は鋭い視線でにらんできた。

「おれに負けたやつの一人か？　クレームなら受け付けないぜ。悔しけりゃ勝てばいい。それとも、腕力勝負が望みかな？」

嫌な笑みを浮かべる男に、西崎も若菜もひるみそうになってしまう。

それでも、西崎は何とか話を聞きだすために要件を切りだそうとした。

そのときだった。

突然、黒塗りの車が西崎たちの横に滑りこんできて、中からスーツ姿の人たちがわらわらと降りてきた。

その一人が懐から手帳を出して、男に向かって突きだした。

「確率管理局の管理官です」

そして、男の名前を確認するとこうつづけた。

「よろしければ、ご同行を願います」

男は青ざめながらも口を開いた。

「……リツがおれに何の用だ」

「心当たりは大いにおありかと思いますが」

「……おれは何もしてねぇぞ」

「そのあたりは、ぜひ局でお話を」

男はしばらく黙っていたが、逃げられないと悟ったからかぶっきらぼうに同行を承諾した。

西崎と若菜は、何がなんだか分からずに立ち尽くしていた。

そこに、管理官を名乗る人物が近づいてきた。

「あなたたちも、この男の知り合いですか？」

若菜は焦って、必死になってかぶりを振った。

「いえ！　違います！」

しかし、西崎は若菜の言葉を打ち消すようにこう口にした。

「知り合いだと言ったら、どうなりますか？」

「えっ!?　西崎さん……!?」

驚く若菜には何も言わず、西崎は管理官の目をじっと見つめた。

管理官もしばらく西崎のことを見ていたが、やがて言った。

「もしよろしければ、ここに居合わせた事情も含めて、局でお話を聞かせていただけませんか？」

「構いませんよ」

そう答え、西崎は不安そうな若菜を連れて黒塗りの車に乗りこんだ。

到着したのは年季の入った大きなビルで、車から出された西崎と若菜は管理官のあとにつづいて裏口らしきところから中に入った。

エレベーターを降りて廊下を歩いているうちに、西崎はあたりを観察した。それぞれの部屋の扉には「サイコロ課」「パチンコ課」「競馬課」などというプレートが掲げられていて、なんだろうと首をかしげる。

若菜もプレートに気がついて、西崎に言った。

「これって部署の名前とかですかね……?」

「それっぽいけど、どうなんだろうね……」

一切が分からないまま、二人は管理官につづいて進んでいく。

西崎がこの同行に応じた意図は、車中で若菜に耳打ちしていた。

確率管理局の管理官というのが何者なのかは不明だったが、少なくとも状況からしてジャンケンの勝ち負けと何らかのかかわりがありそうだと西崎は踏んだ。それに、男とは知り合いでないことや、自分たちが闇賭博に参加していないことは詳しく調べてもらえばすぐに分かるだろうとも考えた。であるなら、思い切って懐に飛びこんでヒントをつかんでやろうじゃないか——。

やがて通された簡素な部屋で、西崎たちは改めて管理官から事情を聞かれた。

西崎は身分を名乗り、バーにいた経緯などを率直に話した。

「……つまり、あなたがたはジャンケンについて調べるうちに、たまたまあの場に居合わせただけだ、と」

管理官に確認されて、西崎はうなずく。

「そういうことです」

すぐには信じてもらえないかと思っていた。

が、管理官はあっさり言った。

「なるほど、分かりました」

「えっ？　疑いは晴れたんですか……？」

「ええ、もともとあの男に仲間がいる確率は限りなく低かったこともありますので」

「確率……」

西崎は、ここぞとばかりにストレートに聞いてみた。

「確率と言えば、先ほどあなたは確率管理局の管理官だと名乗られていましたよね？　その確率管理局というのは何なんですか？」

「文字通り確率を管理する、国の機関です。私たち管理官は、ここで確率の管理をしていましてね。特に私の所属は生活部のジャンケン課で、ジャンケンにまつわる確率の管理を行っています。先ほどの男にはジャンケンの確率を不正に改竄《かいざん》した疑いがありまして。容疑が固まりしだい逮捕となる予定なんです」

その言葉に、西崎はとっさに尋ねる。

「あの男が同行を求められたのは、非合法の賭け事をしていたからじゃないんですか……？」

「そちらに関しては警察が管轄なので、我々とは関係がありません。もちろん警察が後ほど調べることにはなるでしょうが、我々が調べているのはあくまで確率改竄罪の疑いについてです」

「あの……」

西崎の隣で声をあげたのは若菜だった。

「確率を改竄するって、どういうことなんですか？　すみません、全然ピンと来ていなくて……」

西崎も「同じくです」と若菜の疑問に同意を示すと、管理官は口にした。

「そもそも、この世界の裏側にはあらゆる物事の確率が記述されたデータベースが存在していましてね。世の中のすべての出来事は、そこに書かれた確率に従って起こったり起こらなかったりするんですよ。そんなものを誰がどうやって作ったのかはまったくもって不明で今も調査中なのですが、いずれにしても我々はそのデータベースにアクセスして、全体の動向を見守りながら確率の不均衡を正す仕事をしているんです」

呆気《あっけ》にとられている西崎と若菜に、管理官は話をつづける。

「不均衡は自然に生じるものがほとんどなのですが、それによってジャンケンにおける確率もときどき変わってしまうことがありましてね。たとえば、ある人物が一対一でジャンケンをするときには、通常は勝つのも負けるのもあいこになるのも1／3の確率です。ですが、不均衡が生まれるとその人物の勝つ確率は1／2、負ける確率は1／4、あいこになる確率は1／4のようになって、それに影響を受けた対戦相手も勝つ確率が1／4、負ける確率が1／2、あいこになる確率が1／4のような感じになるんですよ。この状態でジャンケンをするとどうなるか、お分かりですよね」

管理官と目が合って、若菜が答える。

「当たり前ですけど……勝つ確率が高くなってる人のほうが勝ちやすくなる？」

「その通りです。はたから見るとその人物は強運の持ち主のように映るでしょうが、実際は確率の数値がそもそも変わっているから勝てるわけで、運というよりは広い意味でのイカサマに近い状態になっているんですよ。我々はこういった不均衡を見つけしだい正しい数値――この場合は元の1／3に修正するようなことを行っているという具合です。ちなみに、確率が不均衡になっている人同士がジャンケンで対戦するような場合には、不均衡が生じた時期がより早い人のほうの確率が優先されるようになっています」

管理官はさらに、こんなことも口にした。

確率を修正すること自体はコンピューターで正しい数値を打ちこむだけなのでシンプルだが、不均衡を見つけるのはそう簡単なことではない。ジャンケンひとつとってみても一対一以外の対戦パターンは無数にあって、ある人物に設定された確率の数値をすべて確認するには膨大な時間がかかってしまう。頼りになるのは経験と勘のみで、管理官は磨きあげた経験と勘を総動員しながら日々確率の管理に勤《いそ》しんでいる。

「要は人力による部分が多くを占めているんですが、ときどきそのすきに付けこもうとする輩《やから》がいましてね。確率データベースに不正にアクセスして、自分や他人の確率をひそかに改竄するようなやつらです」

「あっ、もしかして、さっきの人……」

若菜の言葉に、管理官はうなずき返す。

「まさにあの男は典型例で、賭け事をしているあいだだけ自分がジャンケンで勝つ確率を99999/100000にまで引き上げていた疑いが濃厚です」

「えっ!? そんなの勝つに決まってるじゃないですか……!」

「まあ、絶対ではありませんが、基本的には勝ちつづけられるでしょうね。ついでに言うと、確率を1にする、つまり絶対に勝てるように数値をいじると我々の監視網にも引っかかりやすくなるのですが、そうしていなかったあたりが事情に通じていることを物語っています。改竄したのが他でもないジャンケンの確率だという点も悪質です」

「そうなんですか……?」

「ええ、たとえば不正が行われやすいギャンブル部のパチンコ課や競馬課などは監視が厳しく行われていましてね。あるいは、粒子の存在確率を扱う物理部の量子課のように、確率をいじられると世界の物質のありようが変わってしまうような重要な部署もかなりの管理官が配置されています。それらに比べて、ジャンケン課が所属する生活部は優先順位が高くはないので人手が少ないんですよ。そこを突いた犯行は悪質と言わざるを得ませんし、あの男はやはり何らかの理由で事情に通じているのでしょう」

管理官の話に、西崎も若菜も呆然とするばかりだった。

でたらめを言っているのではないと、二人は自然と直感していた。確率を改竄したという男の勝ちっぷりも実際に目にしたばかりだったし、そもそもこんなビルまで用意して自分たちを担《かつ》ぐ利点などはひとつもなかった。

世界のあらゆる確率を記述したデータベースが存在していて、それを管理したり改竄したりする人たちがいる――。

その壮大さに、二人は圧倒されるような思いになった。

西崎が口を開いたのは、直後のことだ。

「……その確率の数値というのは、すぐに確認できるものなんですか？」

管理官は質問の意図を察して答えた。

「なるほど、あなたがたが調べているという、その少年のジャンケンでの確率のことですね。放ってはおけませんので、いまお調べしてきましょう」

そう言うと、管理官は部屋の外に出ていって、しばらくすると戻ってきた。

「ご懸念の通り、確率に不均衡が生じていました。こちらがその一部を印刷したものです」

差しだされた紙を、西崎と若菜はまじまじ見つめた。そこには数値が並んでいて、そのうちのいくつかを管理官は赤ペンで囲った。

「この方は、さまざまなシチュエーションで負ける確率が著しく高まっていました。自然にこうなったというよりは、何者かによって改竄されたとみるのが妥当でしょう。恨みを持つ者による犯行の可能性もなくはありませんが、年齢を加味すると近ごろ多発している不特定多数を狙った改竄攻撃に巻き込まれた可能性が高そうです」

「やっぱり、おかしなことになってたんだ……」

若菜は心配そうな顔になる。

「あの、数値はどうやったら直してもらえるんですか……？」

「ご安心ください。この方の確率は先ほど修正しておきました。もちろんこれから原因もしっかり解明して、再発防止にも取り組みます」

「ほんとですか！　ありがとうございます！」

若菜の隣で、西崎も胸を撫《な》でおろす。

「よかった……これで彼も悩まされることはなくなるね」

西崎の頭の中に別の問題が浮上してきたのは、そのときだった。

どうせなら、もうひとつ調べてもらえないかな……。

そう思い、西崎は管理官に言った。

「あの、可能であれば、ついでに調べていただきたいことがあるんですが……」

「何でしょう」

「私のジャンケンの確率のことでして、もしかすると同じように数値をいじられているんじゃないかと……」

西崎の頭によぎっていたのは、若菜と対戦するときのことだった。

少年に依頼されてからというもの、西崎は何度も若菜にジャンケン勝負を挑んできていた。が、あいこになることはあっても、勝てたことは今のところ一度もなかった。

管理官はすぐに応じた。

「もし本当なら大変なことです。お調べしてきますので、お待ちください」

管理官は再び部屋を出て行って、少したって戻ってきた。

さあ、自分の場合はどんな数値になってたんだ――。

納得のいく説明を期待していると、管理官は口を開いた。

「西崎さん、あなたのジャンケンでの確率はすべて正常な数値ですね。過去に改竄されていた様子も特には見受けられませんでした」

「ええっ？」

そんなはずがない、と西崎は戸惑う。

「でも、実際に負けつづけているんですよ……!?」

「偶然でしょう。どんな人でも何十回、何百回と負けつづける可能性は常にゼロではありませんからね。もちろん、めったに起こることではありませんが、確率とは本来そういうものです」

管理官の言葉には異論をはさめる余地がなかったが、なんだかすぐには受け入れがたかった。

モヤモヤしたまま、西崎はまた別のことを思いだす。

「そうだ！　確率といったら、私の宝くじの当選確率はどうなっているか分かりますか⁉」

西崎は躍起《やっき》になって訴える。

「もう何年も買っているのに、ぜんぜん上位の賞が当たらないんですよ！　もしかして、当選確率をいじられているんじゃないでしょうか⁉」

しかし、管理官は冷めたような口調で答えた。

「宝くじとはもともと当たらないものですので、おそらく確率のほうも正常かと思いますよ。一応、宝くじ課には後ほど一報だけ入れておきますが、取り合ってもらえない可能性もありますのでご了承ください」

西崎はハッと我に返り、恥ずかしさがこみあげてくる。

宝くじとは当たらないもの。

その極めて常識的な指摘を受け、つい取り乱して変な質問をしてしまったことを後悔した。

若菜が口を開いたのは、西崎が気まずい思いをしていたときだ。

「あの、ひとつ思ったんですけど……こんな話を私たちにしてしまって大丈夫だったんですか？」

不安そうに若菜はつづける。

「もし私たちが情報を漏らして、確率は改竄できるものなんだって誰かに知られてしまったら、不正にアクセスしようとする人が増えそうですし、場合によっては管理官の方を脅したりしてでも改竄しようとする人とかも出るんじゃないかって……いえ！　そんなことをするつもりはまったくないですけど！」

管理官はうなずいた。

「おっしゃる通り、広く知られてしまうとそうなる可能性はありますね。だからこそ、確率管理局は国の機関でありながら公にはなっていない存在なんです」

だったら、と若菜は尋ねる。

「なおさら、どうして私たちに……」

「ここに来るまでの移動中にデータベースを参照しましたら、あなたがたが知ったことを悪用したり秘密を漏らしたりする確率はゼロでしたので」

それに、と管理官は初めて白い歯を見せた。

「私も私で、たまには誰かに話を聞いてほしくなるものですから」

管理官の砕けた調子に、若菜も思わず頬がゆるんだ。

その隣で、西崎だけがいつまでもおもしろくなさそうな顔をしていた。


西崎が若菜に頼んで少年を呼びだしたのは、確率管理局を訪れた数日後のことだった。

西崎は若菜とも相談し、確率管理局の存在は少年には伏せておくことを決めていた。確率うんぬんの話は難解だろうという理由もあったが、秘密を話してくれた管理官の信頼に応えたいという思いも大きかった。

その代わり、西崎たちは少年にあることを教えることにした。

事務所にやって来た少年に、西崎は言った。

「調査をするうちにジャンケンに効く、とっておきのおまじないを教えてもらってね。ほら、こうやって」

西崎は両腕をくねくねと絡めて握りしめ、同じようにしてみてほしいと少年に伝えた。

少年が教えたポーズを再現したのを見届けると、西崎はつづけた。

「はい、これで大丈夫。別に勝ちつづけたりはしないけど、負けつづけることもなくなるはずだよ」

「本当に負けてばっかりじゃなくなるの……？」

いぶかしげな少年に、若菜も重ねる。

「ほんとだよ！　何なら、今ここでジャンケンしてたしかめてみようよ！　西崎さんも、ぜひ一緒に！」

「えっ？　おれも？」

「せっかくですし！」

「じゃあ、まあ……」

西崎がしぶしぶ加わると、若菜は言った。

「じゃあ、行きますよ！　ジャンケン……ポン！」

若菜の掛け声で、三人は同時に手を出した。

少年が出したのはパーだった。

若菜が出したのもパーだった。

そして、西崎が出したのは——グーだった。

「ほら！　勝った！」

若菜が叫び、少年が目を丸くする。

「本当だ……本当に勝てた……！」

対する西崎はというと、何とも言えない気持ちになっていた。

少年の確率がきちんと修正されたことが確認でき、その点はたしかに安堵《あんど》した。

が、自分はまた若菜に負けた……。

西崎は思う。

やっぱり、おれの確率もおかしいんじゃないだろうか……。

これは管理官に再調査を依頼すべきか……!?

そんな西崎の心境などつゆ知らず、若菜と少年は勝利の喜びを爆発させる。そして、お互いに出したパーとパーを打ち合わせ、あざやかなハイタッチを決めてみせた。

靴下をよくなくす

西崎と若菜は事務所に戻ると、イスとソファーにそれぞれ腰かけひと息ついた。

「歩きっぱなしは疲れましたけど、見つかってよかったですね！」

若菜の言葉に、西崎はうなずく。

「うん、遠くに行ってなくてよかったよ」

西崎たちは久しぶりの本業の仕事——いなくなった猫を探してほしいという依頼を受けて、捜索のために町に出ていた。

必死で探し回った甲斐《かい》あって、猫は無事に見つかった。飼い主からも感謝され、規定の額よりずいぶん多い謝礼も頂戴した。

しかし、西崎の表情にはどこか浮かないものが混じっていた。

そのとき、若菜が言った。

「でも、西崎さん、手のほうは大丈夫そうですか……？」

「うん、傷は浅いし、なんとかね……」

西崎は苦笑を浮かべる。

近くの家の生垣の奥に猫の姿を発見したとき、西崎は急いで捕獲しようと手を差しだした。

が、威嚇した猫にシャァッと嚙《か》まれ、ちょっとした傷を負わされた。

ぎゃっと叫んだ西崎の代わりに進み出たのは若菜で、若菜は猫に「おいで」と声をかけた。

すると、威嚇していたのがウソのように猫は生垣からひょいっと出てきて、若菜の足に親しげに身体《からだ》をこすりつけた。

「私、昔からなぜだか動物に好かれるんです」

そう言って笑う若菜に、西崎は何とも言えない気持ちになった。

猫を捕まえられたのはよかった。でも、なんで自分は不当に攻撃されたんだ……。

西崎が手の傷を眺めながら、そんなことを思い返していたときだった。

事務所の扉がコンコンとノックされ、「すみません」という声が聞こえてきた。

西崎がどうぞと返事をすると、扉が開いて三十歳くらいの男性が入ってきた。

「あの、ニシザキ探偵事務所はこちらですか？」

「ええ、そうですよ。私が探偵の西崎です」

男性が目を見開いたのは、その瞬間のことだった。

「あなたが、あの!?」

「あの……？」

何のことかと首をかしげる西崎に、男性は言った。

「憂鬱なことの秘密を探ってくださる、憂鬱探偵の西崎さん！」

戸惑う西崎に、男性はつづける。

「会社の同僚が、このあいだ調べものをしてもらったと言っていまして！」

話を詳しく聞いてみると、その同僚というのは前に依頼をくれた電車などで足を踏まれてばかりいた人のことで、本人はやはり現状が何も変わらなかったことを嘆くばかりだったらしい。

が、この男性は知られざる秘密に興奮し、世界の見え方も変わって感激したのだという。

「それで、自分も調べてもらいたくてお伺いしたんですよ！」

西崎の隣で、若菜は興奮気味に声をあげた。

「すごい！　これって口コミじゃないですか！」

頬を紅潮させている若菜に対して、西崎は言葉に詰まってしまう。

話題にしてもらえること自体はありがたい。が、その件はあくまで本業ではなく余暇でやったようなものだったし、稼ぎにもまったくならなかった。

おまけに、と閉口する。

〝憂鬱探偵〟なんて変なあだ名までつけられて……。

西崎の思考を読んだようなタイミングで、若菜が言った。

「っていうか、憂鬱探偵ってかっこいい！　西崎さんにピッタリですね！」

西崎は内心で、こう思う。

たしかに、ピッタリなのには違いない。変なあだ名をつけられて、今まさに憂鬱な気分になってるからな……。

西崎は半ばヤケになって、男性にソファーをすすめたあとにすぐに尋ねた。

「それで、調べてほしいこととというのは何ですか？　どうせ憂鬱なことと関係しているんですよね？」

そのとがった口調には構わずに、男性はうなずく。

「そうなんです。じつは、靴下がしょっちゅうなくなるという悩みがありまして……」

男性は、打って変わって沈んだ表情になる。

「ぼく、服が好きで靴下もよく買うんですけど、両足ともとか片足だけとか、気づいたら靴下がなくなってることがよくあって……一番微妙なのが片足だけがなくなったときで、残った片方を捨てるのももったいないので、最近だと片方同士を適当に組み合わせて苦し紛れに使ったりもしていまして……そんなときに西崎さんのことを聞いたんですよ」

そう言うと、男性はズボンの裾を持ち上げた。そこからのぞいた靴下は左右で色も模様も違っていて、ファッションなのだと言い張れなくもなかったが、背景を知るとちぐはぐに見えた。

気の毒だな、と西崎は思った。

自分も靴下をなくすことはときどきあって、毎回とても困らされる。ましてやこの男性のように趣味で買っている人ならば、困る以上になくしたときの落胆もさぞ大きいことだろう……。

その一方で、靴下がなくなるのは不注意であり、相談されたところでどうしようもなかった。

とにかく、気をつけるしかないんじゃないか。

西崎は男性にはそう伝え、さっさと断ろうとした。

若菜の声が飛んできたのは、そのときだった。

「西崎さん、さっそく調べはじめましょう！　口コミでのご依頼なんて、腕が鳴りますね！

絶対に秘密を見つけましょう！」

すっかり引き受けるつもりの若菜に、いやいやいや、と西崎は軌道修正しようとした。

しかし、それより早く男性が言った。

「引き受けていただけるんですね！　ありがとうございます！」

若菜が誇らしげに胸を張る。

「任せてください！　ね、憂鬱探偵・西崎さん！」

ああ、変なあだ名で呼ばないでくれ……。

そう思いながらも、西崎は半ばあきらめの境地で依頼を引き受けることにしたのだった。


調査は、依頼主の男性のふだんの生活を把握するところからはじまった。

靴下がなくなるのは、そこに原因があるのではないかと思ったからだ。

しかし、西崎の予想はまったく外れる。

男性が一人で暮らすマンションを訪れてみたものの、男性には靴下を脱ぎっぱなしにするような習慣はなく、靴下がしまわれている収納ケースの中も整理整頓が行き届いていた。

おかしいなと思いつつ、西崎はなくなった靴下を見つけるべく、男性と一緒に改めて家の中をしらみつぶしに探してみた。が、洗濯機と壁のすきまにも収納ケースの奥底にも靴下を見つけることはできなかった。

うっかり捨ててしまった可能性も考えたが、男性自身に捨てた覚えはないらしく、西崎たちも大事にしている靴下をそう何度も捨ててしまうだろうかと疑問に思った。他にマンションを訪れる人はいないとのことで、誰かが捨てたというのも考えがたいようだった。

「どこにいったんでしょうね……」

若菜がこぼし、西崎はうなずく。

「そもそも、なんでなくなるんだろう……」

二人は大いに首をかしげた。

とりあえず、もっと情報を集めてみよう。

西崎と若菜はそう話し、靴下がよくなくなるという人を訪ね歩いた。

中には、そりゃなくなるよな、と思わされるようなルーズな生活を送っている人も多くいて、ほかの要因を探るための手掛かりを見つけづらいケースもあった。

その一方で、気になるケースもいくつかあった。靴下がなくなるという問題に、自分なりの対策をしているような人たちだ。

ある人は、帰宅してすぐに洗濯機に直行し、その場で靴下を脱いで洗濯機に放りこむことで紛失を避けようとしていた。またある人は、洗濯から乾燥、収納までの一連のプロセスのすべてでミスがないように指差し確認を欠かさず生活していた。さらに別の人は、そのプロセスごとにチェック表を設けて、家族全員で紛失防止の努力をしていた。

にもかかわらず、それらの人でも靴下はときどきなくなっているということで、西崎と若菜は困惑を深めるばかりだった。

ある女性と出会ったのは、そんな折だ。

聞きこみをつづける中で西崎はたまたまその人にたどりつき、話を聞くために若菜と二人で一戸建てのお宅に伺った。

女性が妙なことを口にしたのは、西崎が靴下がなくなることへ「大変ですね」と同情の意を示したときだった。

「ええ、まあ、大変なのは大変ですね。また新しい靴下を買わないといけませんので」

でも、と女性はつづけた。

「たまには遊びたくなることもあるでしょうし、遊んでいればなくすこともあるでしょうから、ある程度は仕方ないなと思ってますけど」

その言葉が引っかかり、西崎は尋ねた。

「すみません、その、遊ぶというのは……」

「もちろん家のことですよ。うちの家は昔からやんちゃでしたから」

「はあ……」

ポカンとする西崎の横で、若菜が言った。

「なんだか、おうちを生き物みたいに思っていらっしゃるんですね……」

「みたい、というか、うちの家は生きていますけど」

「えっと、それはどういう……」

戸惑う若菜に、女性は合点がいったような表情になった。

「なるほど、そのあたりをそもそもご存じではなかったんですね。それなら、実際にご覧になってみてはいかがですか？　ここに行けば本物の家を見ることができますよ」

そう言って、女性はある場所の住所を教えてくれた。

西崎と若菜は顔を見合わせた。

依然として、女性の話はよく分からなかった。

が、靴下の件の何らかの手がかりになるかもしれない……。

ダメで元々だという気持ちで、西崎たちは教わった場所に足を運んでみることにした。


西崎たちがたどりついたのは郊外の開けた場所だった。

そこに並んでいたのはさまざまな種類の家々で、若菜はつぶやく。

「ここって、住宅展示場ってやつですか……?」

「みたいには見えるけど……」

西崎は言いよどむ。

たしかに目の前にはモデルハウスのような家がずらりと並んでいたが、奇妙な点がいくつかあった。

ひとつが、そのモデルハウスの界隈《かいわい》に人がまったくいないところだ。今は営業中のはずだし、駐車場にも少なくない数の車が止まっていたはずなのに、みんなはどこに行ったのだろうと首をかしげた。

もうひとつが、モデルハウスと思《おぼ》しき家々の前に「成約済み」という看板がもれなく立てられていたことだ。モデルハウスの中には買い取りができるものもあると聞くけれど、立地のことを考えると買い取ってそのままここに住むという感じではなく、どうしてそんな看板が立てられているのだろうと不思議に思った。

「とりあえず中に入ってみようか……」

「はい……」

そうして、二人が家のひとつに近づいて玄関扉に手をかけたときだった。

「あっ、何してるんですか！」

誰かの声が飛んできて、振り向くとスタッフと思しき人が走ってきていた。

「あなた方は飼い主さんじゃありませんよね!? 腕章がない方はおうちには立入禁止ですよ！」

何が何だか分からなかったが、西崎と若菜は慌てて扉から飛びのいた。

「すみません！ 変なことをするつもりはなくて！」

謝る二人を、スタッフはいぶかしげに見つめた。

「本当ですか？ お引き渡し前の大切なおうちなんですから、お願いしますよ？」

なおも不審そうな視線を送るスタッフに、西崎は潔白を証明すべく身分を名乗り、この場所に来た目的を手早く伝えた。

スタッフはなんとか納得してくれたようで、西崎はホッとしつつこう尋ねた。

「あの、家が生き物だという話は、どこまでが本当なんですか……？」

「もちろん、全部ですよ。少なくともここにある家については、ですが。世の中には家モドキがあふれていますからね」

「家モドキ……？」

「本物の生きた家に似せて作られた、生き物ではない人工的な家のことです。品質では本物に劣りますが、安価で手に入りやすいので今ではそちらが主流になってしまいましたが」

家が本当に生き物なのだという話も、家モドキというものの話も、西崎と若菜はまったく理解が追いつかなかった。

かろうじて、若菜が目の前の家を見ながら口にした。

「じゃあ、さっきチラッとおっしゃった、このおうちに飼い主がいるっていうお話も……」

「本当ですよ。順調に育って、間もなくお引き渡しの予定です」

「えっと、育ったっていうことは……この家は、前はもっと小さかったんですか……？」

「ええ、まあ、子家《こいえ》のときはそうですね」

若菜は目を輝かせた。

「子家……！　見てみたいっ……！」

すると、スタッフが言った。

「ご希望であれば、成約前の子家をご覧いただけますよ。ふだんは完全予約制ですが、今日はたまたまキャンセルが出ましたので」

「ほんとですか!?　ぜひお願いしますっ！　西崎さん、見せてもらいましょう！」

「うん、そうしようか……」

若菜の勢いに気おされつつも、西崎はさらに詳しいことを知るためにスタッフのあとについていった。

案内された建物の一室に入ったとたん、若菜はたまらず声をあげた。

「うわぁっ！　かわいいっ！」

多くの客でにぎわう部屋にはたくさんのケージが並んでいて、ひとつひとつに小さなものの姿があった。

ケージの中から、うれしそうに飛びつこうとしてくるもの。

円を描くようにぐるぐると走り回っているもの。

意に介さず、隅のほうで眠っているらしいもの。

まるで子猫みたいだなぁ、と西崎は思う。

しかし、目の前にいるのは子猫ではなく、両手で抱えられるくらいのサイズの紛《まご》う方《かた》なき家だった。その家には手足のようなものはなかったが、全体を右に左に素早く傾けながら移動していた。窓からのぞく家の中には家具などは何も見当たらず、誰かが引っ越してくる前の物件を巨人になって見ているような気分にもなる。

「あっ、この二階建ての子、かわいいっ！　こっちの平屋の子もかわいいっ！　この細長いのは……もしかして、マンションですか!?　こういうのもいるんですね！　この子もかわいいっ！」

若菜はケージを次から次へとのぞきこんでは、かわいい、かわいい、と連呼する。

対する西崎はというと、そこまでの気持ちにはなれなかった。

「かわいい、かな……？」

「何言ってるんですか！　すごくかわいいじゃないですか！」

そういうもんかぁと思う西崎の横で、スタッフが言った。

「ご希望でしたら、直接おうちと触れ合うこともできますよ」

「いいんですか!?」

若菜はさらに目を輝かせる。

「ええ、家たちのストレスにならない程度でしたら」

「お願いしますっ！」

「どの子にしますか？」

「じゃあ、そっちのグレーの子を！」

「コンクリート打ちっぱなしのおうちですね」

スタッフはそのオシャレな二階建ての家を抱きかかえ、イスに座った若菜のひざに載せてやる。

「わぁっ！　かわいいいっ！」

若菜は何のためらいもなく、慣れた手つきで撫《な》ではじめる。家のほうも気持ちよさそうに身をゆだねる。

「花倉さん、家を撫でたことがあるの……？」

思わず西崎が尋ねると、若菜はぶんぶんとかぶりを振った。

「ないです！」

「それなのに、よく撫で方が分かるね……」

「なんとなく、こうかなって思っただけです！」

勘だけでなんとかなるものなんだ……。

西崎は軽く衝撃を受ける。

家も安心しきってるみたいだしなぁ……。

それと同時に、迷い猫を探していたときのことを思いだす。

そういえば、あのときの猫も花倉さんにすぐなついてたな……生き物に好かれるって、こういう人のことを言うのかぁ……。

そのとき、スタッフが若菜に言った。

「よろしければ、遊んでみますか？」

「えっ!?　ぜひ……！」

「では、靴を脱いでそちらへどうぞ」

近くには、柵で囲まれた遊び場らしいスペースがあった。

若菜は家をいったんスタッフに預けると、さっそく靴を脱いで中に入った。

「西崎さんも一緒に遊んであげましょうよ！」

「いや、おれは……」

「せっかくですし！」

「じゃあ、まあ……」

西崎も靴を脱いで遊び場に足を踏み入れる。

スタッフは抱えた家を柵の中に置いてあげつつ、遊び道具を差しだした。

それを見て、西崎と若菜は同時に声をあげていた。

「靴下！」

スタッフはきょとんとした顔になったあと、ああ、と応じた。

「そういえば、あなた方は靴下がなくなる理由を調べていたんですよね。先ほど伝えそびれましたが、それはおそらく家が遊んだからだと思いますよ」

そう言いながら、スタッフは靴下を手放した。それはもう片方の手に握られた棒に紐《ひも》でつながっていて、ぶらんぶらんと宙に浮かぶ。

その棒を、スタッフが小刻みに振りはじめる。靴下が床すれすれのところで右に左に動きだす。

家はたちまち気を引かれ、顔を向けるように正面玄関のほうを靴下に向けて狙いを定めた。そして、ふりふりと後方を振ったかと思った直後、弾丸のように靴下に向かって飛びだした。

家が靴下とじゃれ合う中で、スタッフが言葉を継ぐ。

「猫でいう猫じゃらしみたいに、家は靴下が好きでしてね。小さい頃は、こうやってよく遊ぶものなんですよ。家は成長すると基本的には動かなくなるんですが、ときどき飼い主の靴下でこっそり遊ぶこともありまして。ぼよんぼよんと床を動かして跳ねさせたり、廊下や階段を転がしたりするんです。そうしているうちに靴下はすきまに入りこんだり、ときには窓から飛びだしていったりして、なくなってしまうわけなんですよ」

西崎と若菜は呆然《ぼうぜん》とする。

この場所を教えてくれた女性は、たしかに靴下がなくなるのは家が遊んでいるからだと言ってはいた。が、そのときは話の筋がまったく見えず混乱するのみだった。

それが今すべてつながり、二人はずっとくもっていた視界がとつぜん開けたような気持ちになった。

「靴下がなくなるのは、本当に家が遊んでたからだったのか……」

西崎がつぶやき、若菜も言う。

「外に出ていってしまってるんなら、それは見つかりませんよね……」

でも、と若菜はこうつづけた。

「あの女性じゃないですけど、それが原因でなくなるのなら、なんだか許せちゃうかもですね！　想像するだけでかわいいので……！」

西崎はそれにはまったく共感できず、できればやめてほしいなと思った。

けれど、本音は心の中にしまっておく。

そのとき、西崎はある可能性に思い至って声をあげた。

「ってことは、もしかするとうちの事務所が入ってるビルも生きてるかもしれないのか……！」

スタッフが言う。

「家モドキの一種のビルモドキの可能性もありますが、壁に耳を当ててみて心音がすれば生きているということですよ。あとは、頻繁に家鳴りがする建物も生きている可能性が高いですね」

「そうなんですか……？」

「ええ、家鳴りというのは家がコミュニケーションをとろうとしていたり、住んでいる人が気に入らなくて追いだそうとしたりして起こることが多いですので」

「追いだす……!?」

西崎は焦って、とっさに記憶を振り返る。事務所で家鳴りがした覚えは一応はなく、なんだかホッとしてしまう。

西崎がそんなことを考えているあいだにも、若菜はスタッフから受け取った靴下つきの棒を振って家とじゃれ合いはじめていた。

花倉さん、絶対に家と遊んだことがあるよね……。

そう思わざるを得ないほど、若菜の遊び方は板についていた。

「このおうち、ほんとにかわいいですね……飼いたくなってきちゃうなぁ……」

「お買い上げいただいても構いませんよ。お値段はあちらになりますので、ぜひご検討ください」

スタッフは、家の入っていたケージのほうを指差した。

そこに貼《は》られた値札を見て、若菜はぎょっとしてしまう。

「すごい……家が一軒買えそうなお値段なんですね……！」

若菜の言葉に、スタッフは笑った。

「そりゃそうですよ、家なんですから」

「そっか、そうですよね……！」

若菜が再び口を開いたのは、またしばらく家と遊んでからのことだった。

「あっ！　つい夢中になって私ばっかりすみません！　西崎さんも、この子と遊んであげてください！」

西崎は首を横に振る。

「……おれはやっぱりやめとくよ」

「ええっ！　せっかくなのに！　ぜったい後悔しますよ！」

逡巡《しゅんじゅん》した末、西崎は言った。

「……それじゃあ、ちょっとだけ」

猫じゃらしならぬ家じゃらしを若菜から受け取り、西崎は尋ねる。

「で、どうやればいいの？」

「適当に振るだけですよ！」

「適当って言ってもさ……」

戸惑いながらも、西崎は家に向かって家じゃらしをチラチラと振ってみた。

そのときだった。

家が猛スピードで駆け寄ってきたかと思った直後、西崎は「ぎゃっ！」と声をあげていた。

「痛っ！」

「西崎さん⁉」

「お客様⁉」

スタッフは慌てて家を捕まえ抱きかかえ、ケージの中に戻しに行った。

それからすぐに西崎のもとへと走り寄り、状況を急いで確認した。

「よかった、おケガはないようですが……そちらについては本当に申し訳ございません……」

スタッフは、かがみこんだ西崎の足元に視線を向けた。

若菜も同じ箇所をのぞきこんで声をあげる。

「うわぁ、派手にやられちゃいましたね……おうちは、なんでこんなことを……」

「分かりません……この子は穏やかなはずなんですが、相性がよくなかったのかもしれません
……」

当の西崎は、ショックを受けてその場に座りこんでいた。

いきなり家から攻撃を受けたこと。そして、靴下に大きな穴が開いたことに。

おれはどうして、いつも生き物から不当な攻撃を受けるんだ……。

悲壮な表情の西崎の隣で、若菜が尋ねる。

「あの、これって、家が噛んだってことですか？　でも、そんなのどうやって……」

「家は、扉や窓を開け閉めして噛みつくことができるんです」

スタッフは苦笑しながら、こうつづけた。

「靴下にはいつの間にか穴が開いているものですが、あの多くも家が噛んでいるからなんですよ」

スマホの充電がすぐなくなる

「西崎さん、大丈夫ですか？」

若菜は事務所にやってくるなり、心配そうに口にした。

「すごく疲れてるように見えますけど……」

一人ぼぉっとしていた西崎は顔を持ち上げ、それに応じる。

「いや、まあ……なんだか最近、疲れやすくてさ。思考も鈍ってるなぁって感じだし、歳をとったってことなのかなぁ……」

「なに言ってるんですか。疲れやすいのは食生活が乱れてるからじゃないですか？　たぶんですけど、お昼もカップ焼きそばだったんですよね？」

「えっ？　なんで分かったの？」

驚く西崎に、若菜が言う。

「口にソースと青のりがついてますよっ」

「あっ……」

西崎は慌ててぬぐい、失態をごまかすように若菜に言った。

「っていうか、花倉さんがうらやましいよ。パワーがみなぎってるっていう感じで」

すると、今度は若菜が目を丸くした。

「なんで分かったんですか!?」

「うん？　何が……？」

「私のパワーがみなぎってるってことですよ！　もしかして、ここに来る前にマッサージに行ってきたことまでお見通しだったりするんですか……!?」

一人で勝手に先走る若菜に、西崎は苦笑してしまう。

いや、パワーがみなぎっているのはいつものことで、今のもそれを言っただけのつもりだったんだけど、と。

まあ、何にせよ、マッサージに行ってきたのはいいなぁと西崎は思った。

自分も行ってこようかな……。

事務所の扉がノックされたのは、そのときだった。

「こんにちは」

西崎がどうぞと促すと、女性が顔をのぞかせた。

それを見て、若菜が「あれっ」と口にした。

「さっきの!」

ぺこりと頭を下げる女性を前に、西崎がすぐに若菜に尋ねる。

「花倉さんの知り合いの方?」

「さっき、マッサージ屋さんで担当してくださった方です!」

「そうなの？　まあ、とりあえずどうぞ中へ」

女性にソファーをすすめると、西崎も腰かけてこう口にした。

「はじめまして、探偵の西崎と申します」

女性の目が輝いたのは、その瞬間のことだった。

「あっ！　憂鬱探偵さんですね！」

不意打ちを食らい、西崎は動揺してしまう。

なんでその変なあだ名を……。

西崎の心の声に答えるように女性は言った。

「施術中に、花倉さんから西崎さんのことをお聞きしたんです！　もし何か憂鬱に思うようなことがあれば相談しに来てくださいって。憂鬱探偵として有名な西崎さんが相談に乗ってくれますからって」

「ええっ？」

西崎が隣を見やると、若菜が笑顔を咲かせていた。

「そうなんですよ！　でも、本当に来てくださるなんて！」

閉口する西崎をよそに、若菜は嬉々《きき》として女性に尋ねる。

「それで、憂鬱なことって何ですか？」

「スマホの充電がすぐになくなることでして……」

女性は話をしはじめる。

「私、充電はいつも寝ているあいだにしてるので、朝は満タンになってるんですけど……仕事場についてスマホを見るともう半分くらいになっていて……仕事中に充電しておいても、昼休みに持ち歩いてるうちにまたすぐになくなるんです。夜も同じで、帰るときには満タンなのに家につくまでにどんどん減って、そんなときに限って電話がかかってきたりして電池切れになって……なんでこんなに減るんだろうって、毎日すごく憂鬱なんです……」

「なるほど……」

西崎はあいづちを打ちつつも、どこから突っこんでいいものかと弱ってしまう。

充電の減りが速いというのは、もはや現代を代表する憂鬱なことのひとつだろう。モバイルバッテリーや充電器を持ち歩いている人は多いようだし、電源設備のあるカフェなどに行けば席という席で誰もかれもが充電に勤《いそ》しんでいる。

変に気にしなくても、充電に悩んでいるのは別にみんな同じですよ、と西崎は言いたくなる。

そもそも、充電がすぐに減るのはスマホを使いすぎていることも大きいはずだ。減るのが嫌なら使用を控えればいいのでは、とも思ってしまう。

というか、だ。

こんな悩みは携帯会社に言うべきだし、結局のところはさらに高性能な充電池の登場を願うしかないいんじゃないか……。

そのとき、若菜が言った。

「憂鬱な気持ち、分かります！　私もすぐになくなってしまうほうなので！」

そういえば、花倉さんは事務所でいつも充電してたなぁ……。

そんなことを思っていると、若菜が西崎のほうを向いた。

「西崎さんも、そうですよね⁉　充電、すぐになくなりますよね⁉」

「いや、おれは……」

まっすぐな瞳で見つめられるも、西崎は言葉に詰まってしまう。

正直なところ、西崎自身はこの悩みにまったく共感できなかった。

日頃から、充電がぜんぜん減らないからだ。

スマホはそれなりに使っているつもりだけれど、一日くらいは軽くもつし、下手をすると二日以上もつこともあり、充電するのを忘れそうになるほどだった。

しかし、西崎はそのことは言わないでおこうと、とっさに思った。

自慢話のようにとられるのも不本意だし、なんだかスマホを使いこなせていないようでカッコ悪いかもと感じたからだ。

「おれは、まあ、それなりかな……」

若菜は西崎の曖昧な返事を肯定的にとらえたらしく、前のめりになって口にした。

「ですよね！　だったらやっぱり、この機会に調べないとですね！　もし何かが判明したら、みんなの憂鬱も軽くなるかもしれないですし！」

そう言われると、西崎としては断りづらくなってしまう。

まあ、どうせほかにやることもないし、調べるだけは調べてみるかぁ……。

最近のこの慢性的な疲労感も、動いていればある程度はごまかせるかなとも考えて、西崎はとりあえず引き受けることにしたのだった。

西崎と若菜が最初に行ったのは、スマホの使い方にまつわる依頼主へのヒアリングだった。

充電がすぐに減るのは、やはり単純に使い方に原因があるのではないだろうか。

そう考えて、西崎は依頼主に日頃の様子を改めて聞いた。が、依頼主は電車の中などでは紙の本で読書をするのが常らしく、少なくとも外でスマホを使いすぎているようには思えなかった。

もしかすると、知らないうちに裏で動いているアプリがあって、それが電気を食っているのではとも考えた。が、調べた限りはそれも違うようだった。

次に気になったのは、充電の仕方に問題があるのではないかという点だ。

スマホに使われるタイプの充電池は、残量がゼロになってから満タンまで充電したり、充電しながら使用したりすると負荷が増え、電池の劣化が早まるとされている。

依頼主も、そういった充電の仕方をしているのではないだろうか……。

しかし、やはり依頼主には当てはまらずに、別の方向を探る必要に迫られた。

西崎は携帯会社にも問い合わせ、現状を伝えて思い当たることはないかと尋ねてみた。すると、先方も首をかしげつつ、最終的には電池の交換をすすめられた。依頼主にはその通りに動いてもらったが、それでも充電の減りは依然として速いままで状況の改善は見られなかった。

「携帯会社の人たちも本当に戸惑ってたみたいですし、これ以上聞いても何も出てこなそうな感じですねぇ……」

つぶやく若菜に、西崎も応じる。

「だね……根本的な原因はどこにあるんだろうなぁ……」

謎は深まるばかりだったが、確実に裏には何かがありそうだ。

そんな予感に突き動かされて、西崎たちはヒアリングをさらに進めた。

若菜があることに気がついたのは、しばらくたってのことだった。

「あの、西崎さん、ちょっと思ったんですけど……」

ある人へのヒアリングを終えて事務所でひと息ついているときに、若菜は言った。

「さっきの方、常に考え事をしてるって感じの人でしたよね。このあいだも、そういう方がいませんでしたっけ？」

西崎は少し記憶をたどり、その人物に思い当たる。

「ああ、いらっしゃったね。それがどうかした？」

「いえ、いま思えば依頼主の方もいろいろと考えこむ人みたいに見えましたし、これまでお話を伺ってきた方にもそういうタイプの人が多かったような気がして……それで、うちの大学の教授のことを思いだしたんです。私の取ってる経済の授業の教授がまさにいっつも考えこんでるって感じの方なんですけど、そういえば教室でよく充電してて、なぜかスマホも何台か持ってるっぽかったなと……」

「なるほど……」

西崎は少しのあいだ無言になる。

若菜が慌てて口にする。

「あっ、でも、ぜんぜん関係ないかもです！　すみません！　急に変なこと言って！」

「いや、たしかに気になるなと思ってさ……」

西崎はつづける。

「とりあえず、その教授にお話を伺ってみたいんだけど、連絡先って分からないかな？」

「聞いてきますっ！」

そうして若菜は教授の連絡先を手に入れてきて、西崎はアポ取りのメールを送ってみた。

教授からはすぐに承諾の返事があって、数日後に教授のもとを訪れることになった。

その当日、西崎が若菜を連れて指定された部屋の扉を叩《たた》くと、教授が直接出迎えてくれた。

西崎は挨拶もそこそこに、さっそく本題を切りだした。

「メールでも簡単にお伝えしましたが、いま私が調べているのがスマホの充電の減りが速いという方についてでして……先生もお心当たりがおありということで、間違いはないですか？」

「ええ、充電の減りはとても速いですよ」

「もし差し支えなければ、使われているスマホを見せていただけませんか？　念のため、機種などを確認させていただきたくて……」

教授は「構いませんよ」とうなずいて、そばの机の引き出しを開けた。

「こちらです」

西崎と若菜は、そろって中をのぞきこんだ。

その瞬間、二人は目を見開いた。

引き出しには二台や三台どころではない、パッと見ただけでは数えきれないほど大量のスマホが入っていたのだ。

「えっ、すごい数……」

「何台あるんだ……？」

驚く二人に、教授は笑いながらこう言った。

「何台あるのか、途中からは数えてないので自分でもよく分かっていないんですよ」

西崎は一瞬、ここにあるのは教授が過去に使ってきたスマホたちで、捨てずに保管しているのだろうかと考えた。

しかし、そうでないことはすぐに分かる。

どのスマホにももれなく充電コードが差さっていたのだ。

「これはいま何を……」

「ご覧の通り、充電です。すぐに充電が減ってしまうので、近くに電源があるときは基本的にはつなぎっぱなしにしています。まあ、それでも充電が追いつかないことがありますけれど」

「追いつかない……？」

意味が分からずポカンとする西崎の横で、若菜が尋ねる。

「こんなにたくさんのスマホ、何に使うんですか……？」

「思考をアシストしてもらうためです」

「アシスト……えっと、同時に調べものをしたりするってことですか……？」

「いえいえ、実際に考えるということ自体をアシストしてもらうんです。イメージとしては、無線でつながったスマホが第二、第三の補助的な脳になってくれるような感じでしょうか。それによって脳の機能が拡張して、物事を深く素早く考えたり、同時並行で考えたりすることができるようになるんですよ。もちろんその分、充電は速く減っていってしまうわけですが」

若菜は目を丸くする。

「スマホって、そんな機能があるんですか……!?」

「そのようですね。一般的にはあまり知られていないようですが。といいますか、もしかすると開発元も気づいていないのかもしれません。気づいているなら、もっと大々的に打ち出しそうなものですから」

「先生はどうやって知ったんですか……?」

「私も、たまたま発見したに過ぎませんよ」

そう言って、教授はこんな話をしはじめる。

「日頃から、仕事がはかどるときの共通点は何だろうかと興味本位でずっと考えつづけていたんですが、あるときふと、そういうときにはスマホの充電の減りが速いことに気がつきまして。もしやと思い、仕事のときにはスマホをそばに置くようにしたり、台数も増やしたりして試行錯誤してみたんです。そうしましたら、考え事がどんどん進むようになりまして、仕事もさらにはかどるようになりました」

もっとも、と教授はつづける。

「思考をアシストしてもらうには、単にスマホを所有しているだけでは不十分なようでして。

一緒に過ごすなかでスマホと通じ合えてはじめて、所有者の脳と接続されてアシストしてくれるようになるらしいんです。ただ、いちど関係性ができてしまえば、あとは特に意識せずとも必要に応じて自然とスマホが脳をアシストしてくれるようになるみたいですね。私にとっても、今やスマホは研究に欠かせない大切なパートナーですよ」

教授の話に、西崎も若菜もただただ驚嘆するばかりだった。

スマホはもともと人をアシストしてくれるものだけれど、まさか脳を直接的にアシストしてくれることがあるだなんて……。

西崎は自分のスマホを取りだして、まじまじと見つめる。

その充電はちょうど70パーセントになっていて、西崎は思う。

消耗した30パーセントのうちのいくらかは、スマホが自分の代わりに思考してくれたということなのか……？

「でも、どうしてそんなことが起きるんでしょう……」

西崎は素朴な疑問を口にした。

「もし開発元も知らないとなると、スマホが勝手に進化したということでしょうか……」

教授は答える。

「詳しいことは、私には何とも。ＡＩあたりが関係しているのかもしれませんし、そうではないのかもしれません」

「気になりはしないんですか……？」

「人並みには気になりますが、それ以上のことはという感じです。仕組みを解明するのは私の専門ではありませんしね」

そういうものかぁ、と西崎は思う。

教授が時計を確認したのは、そのときだった。

「おっと、すみません。そろそろゼミに行かなくては」

教授は西崎たちに向かって言った。

「もしお時間が許すようであれば、見学していかれますか?」

「ゼミをですか……?」

「ええ、あなた方の関心事にも近いのではと思いますよ」

「はあ、それじゃあ、せっかくなので……」

西崎は誘いに乗って、若菜と一緒に教授についていくことにした。

西崎と若菜が目を丸くしたのは、ゼミが開かれる部屋に入った直後のことだった。

集まった学生たちの一人一人が、自分の前のテーブルの上にたくさんのスマホを並べていたのだ。そのひとつひとつのスマホからは充電コードが伸びていて、マルチタップを介して電源につながっていた。

教授は自分のスマホも次々と電源につなげながら、西崎たちにこんなことを教えてくれる。

「学生たちには先ほどの話を共有して、研究室でスマホを貸与しているんですよ。電気代はかかりますが、補って余りある研究成果が出ていましてね」

西崎と若菜が圧倒されたのは、ゼミがはじまってからだった。

繰り広げられるやり取りに、西崎たちはまったくついていけなかった。

内容が専門的だったからではない。教授も学生たちも同時多発的に猛スピードで発言しつづけ、誰が何をしゃべっているのかまったく分からなかったのだ。

西崎と若菜が呆気《あっけ》にとられている前で、教授と学生は議論をつづける。この状態でもやり取りがきちんと成立しているらしいことは、当事者たちの雰囲気からビシビシと伝わってくる。

異様な熱気がたちこめるなか、西崎と若菜は顔を見合わせた。

「頭の回転が速いどころの話じゃないね……」

「なんだか人じゃないみたいです……」

しかし、そんな時間も長くはつづかなかった。

やがて会話のスピードが落ちてきて、西崎たちにもしだいに言葉が聞き取れるようになっていく。

そうしてスピードが普通の速さになってきた頃、教授が言った。

「では、今日のゼミはこのあたりにしておきましょう」

その後、教授から連絡事項が伝えられ、学生たちは興奮冷めやらぬ様子で目をギラギラさせたまま部屋を去っていった。

「どうです？　なかなか見ものだったでしょう？」

残った教授が愉快げに笑い、西崎も若菜もうなずいた。

「あのスピードで仕事ができたら、それは成果も上がるでしょうねぇ……」

「でも、途中からだんだんゆっくりになっていきましたよね？　あれは……」

「ああ、スマホが一台ずつ落ちていって、全体の処理速度が遅くなっていっていたんです」

そう言うと、教授は自分のスマホを見てみるように促した。

西崎と若菜が確認すると、すべての電源が切れていた。

瞬間的に、西崎が、あっ、と声をあげた。

「さっき〝充電が追いつかない〟とおっしゃっていたのは……」

「ええ、充電されていくよりも、私たちをアシストして電気を消耗するほうが上回ってしまうことがありまして。急速充電していてもこれなので、充電器にはもっと進歩してほしいものですね」

冗談めかして言った教授に、西崎は苦笑いをするしかない。

これ以上速くなったら、脳がオーバーヒートしそうだな……。

そのとき、若菜が口を開いた。

「あの、ひとつ気になったことがあるんですけど……」

「何でしょう？」

「隅っこに座ってた学生さんのことで……一人だけ、私たちとおんなじで議論についていけていなかったですよね？　スマホはたくさん持っているみたいだったのに……」

それは西崎も気になっていたことだった。

一人だけうつむき、発言をしていなかった学生がいたのだ。

「残念ながら、彼はまだスマホとうまく関係が築けていないようなんです」

教授は答える。

西崎が尋ねる。

「自分の脳とつなげられていないということですか？」

「いえ、接続できてはいるようですが、その次の段階に問題があるようで。つまるところが、スマホに使われてしまっているんです」

教授はつづける。

「スマホに思考をアシストしてもらうには、どちらがアシストする側なのかをきちんとスマホに理解させておく必要があるようなんです。と言っても、何を基準にスマホがその判断をしているのかは不明ですが。いずれにしても、スマホにナメられるとアシストの具合にムラが出たり、逆に彼のようにスマホに使われてしまったりするわけです」

西崎は少し怖くなる。

「その、使われるとどうなるんですか……？」

「彼の話から推測する限りでは、人の脳のほうがスマホの演算を手伝わされたりするようですね。自覚は本人にはほとんどないとのことですが、彼の場合はスマホに使われるようになってからは慢性的な疲労感に襲われつづけているそうです。思考も鈍るようなので、彼にはとにかく、早くスマホを使えるようになってもらわないといけませんね」

教授の言葉に、西崎は嫌な予感に襲われはじめる。

慢性的な疲労感、鈍くなる思考……。

近頃の自分と重なる部分が決して少なくなかったからだ。

しかし、西崎はかぶりを振った。

いやいや、まさか……。

そして、必死に言い聞かせる。

自分が使われているわけがない……さすがに考えすぎだろう……。

直後、教授が「そういえば」と口にした。

「スマホに使われてしまっていると、代わりに脳が働くからか、充電の減りのほうはずいぶん遅くなるようですね。もうひとつ、こちらは真偽のほどが定かではないんですが、彼によるとスマホにパワーを吸い取られて充電が増えているようなことも、あるとか、ないとか」

西崎は慌てて、ポケットからスマホを取りだした。

先ほどまで70パーセントだったはずの充電は、いつの間にか100パーセントになっていた。

服が他人とかぶる

西崎はイスに腰かけ、いつになくそわそわしていた。

先ほどから、目の前では若菜がクリームを口に運びながら、おいしい、おいしい、としきりにつぶやいている。

ああ、早く解放されたい、と心の中で西崎は嘆く。

なんて場違いなところに来てしまったんだ……。

「西崎さん、カフェに行きましょう！」

若菜が突然そう言いだしたのは、つい先ほど、西崎が事務所のパソコンでネットサーフィンをしていたときのことだった。

「カフェ？　急にまたどうしたの？」

「今シーズンの新作ドリンクが今日から発売なんですよ！　一緒に飲みに行きましょう！」

しかし、西崎はすぐにかぶりを振った。

「うーん、おれはいいかな……花倉さんが一人で行ってきなよ」

「ええっ！」

若菜は大声を出す。

「なんでですか！　一人よりも二人のほうが絶対に楽しいので、行きましょうよ！　それに、事務所にいるだけより、何かが起こるかもしれませんし！」

無理やりだなぁと苦笑する西崎を、若菜はなおも誘いつづけた。

その強引さに根負けし、西崎はしぶしぶ同行を承諾したのだった。

しかし、いま西崎はそのことを猛烈に後悔していた。

周りはおしゃれで華やかな雰囲気に満ちていて、明らかに自分一人が浮いてしまっていたからだ。

おまけに、このあとに控える自分の分の支払いのことを考えるだけで憂鬱だった。若菜とは別会計にしようと話していて、当然ながら西崎は一番安いものを注文していた。が、その最安値のコーヒーでさえもカップ麺10個分ほどに相当する値段で、卒倒しそうになってしまった。

目の前で幸せそうにドリンクを味わう若菜を、西崎は苦々しい気持ちで眺める。

こんなことになるのなら、おとなしく事務所でインスタントコーヒーでも飲んでいればよかったなぁ……。

隣の席の会話が耳に入ってきたのは、そのときだった。

「うわっ、また……」

声につられて、西崎は横目でチラリと隣の席に視線をやった。そこには若い女性が二人、向かい合わせで座っていた。

「なになに、どうした？」

「いま外歩いてった人と服が被《かぶ》ったー……」

「えー、どの人？」

「ほら、あの赤いジャケットの」

少しのあいだ確認するような間があって、再び二人は話しはじめる。

「……後ろからだと分かんないなー。似てるっぽかっただけじゃないの？」

「そうかもだけど……でも、私、そういうことが多くてさー。このあいだも買い物してたら、向こうから歩いてきた人とワンピースがガッツリ被って……向こうは気づいてなかったみたいなんだけど、恥ずかしすぎて脇道に入ってやり過ごしたわー」

「うわぁー」

「ちょっと前にも会社の人とスカートが被ったばっかだし……仲がいい人なら、まだ笑って終わらせられなくもないじゃん？　でも、被ったのが、知ってるけど一回も話したことない別の部署の先輩で……けっこうお気に入りのスカートだったんだけど、もう売ったほうがいいかなって……ってか、前は服を買いに行くのが楽しみだったのにさ、最近だと何を見ても被りそうな気がしてきて、めっちゃ憂鬱なんだわー」

西崎には、二人の会話を盗み聞きしようというつもりはまったくなかった。が、手持ちぶさたになっていたところに聞こえてきたやり取りに、つい耳を傾けてしまった。

西崎は一人勝手に、気の毒だなぁ、と同情する。

ファッションにうとい立場でも、気持ちを理解することはできた。

何も考えずに適当に選んだ服でも、人と被ったら何とも言えない気持ちになるものだ。ましてや、こだわって選んだお気に入りの服が被ったとしたら、さぞ落ちこむだろうなぁ……。

声があがったのは、そのときだ。

「分かります！」

びっくりして反射的に声のほうに視線を向けると、若菜が席から身を乗りだして隣に話しかけていた。

「服が被るのって、憂鬱ですよね……！」

若菜はつづける。

「私もこのあいだ、電車で隣になった人とカーディガンが被って……また被ったらって思ったら、そのカーディガンは着られなくなっちゃって……」

隣の二人は、最初こそ警戒した感じの表情をしていた。が、同じ悩みを持つ者だと分かったとたんに打ち解けたらしく、すぐに若菜を交えた三人で服が被ったときの話で「分かる、分かる」と盛り上がりはじめた。

いや、仲良くなるのが早すぎだろう……。

そうツッコミつつも、こう思う。

これはむしろ、こっそり帰ってもバレなそうだな……。

その直後、若菜が急に西崎のほうを振り向いた。

「ですよね!?　西崎さん！」

不意を突かれ、西崎はきょとんとして聞き返す。

「うん？　何が……？」

「いま話してたことですよ！　えっ、聞いてなかったんですか!?」

その口調には批難の色が混じっていて、西崎はとっさに取り繕った。

「いや、聞いてたよ……！」

「じゃあ、いいですよね!?」

「えっ……？　あっ、うん……」

「やった！　ありがとうございます！」

若菜は隣の席の二人に言った。

「それじゃあ、あとは任せてください！　こちらの憂鬱探偵の西崎さんなら、きっと服が被ることの裏に潜む秘密を明らかにしてくれますので！」

西崎は遅れて理解する。

どうやら若菜はいつの間にか例の変なあだ名を持ちだして、女性たちに自分のことを話したらしい、と。

のみならず、服が被る秘密を調べてみると先走って約束したに違いなかった。

慌てて発言を訂正して断ろうとした西崎は、隣の席から自分を品定めするような視線が注がれていることに気がついた。

女性たちは、こそこそとささやき合った。

「この人、なんか探偵っぽくないよね……」

「ほんとに仕事ができるのかなー……」

聞こえてますよ、と西崎は内心で思いつつも、プライドをくすぐられて気づけばこう口にしていた。

「任せてください！　調べてみましょう！」

ああ、やってしまった、と後悔したときには遅かった。

若菜だけが、やる気に満ちあふれた表情になっていた。


そうして調査をすることになった西崎は、まずは若菜と一緒に服が被ったことのある人にいろいろと話を聞いてみるところから開始した。

西崎たちは街に出て、該当する人をひたすら地道に探して回った。そして、被った経験のある人を見つけると、その理由に心当たりがないかを詳しく尋ねた。

結果、ある人は、自分と服が被った相手は同じ人物に影響を受けていたのかもしれないと口にした。その人物というのは人気のモデルで、ＳＮＳで披露されていた服と同じものを購入したところ、街で服が被ったのだということだった。

なるほど、と西崎はひとり納得する。

たしかに、服が被ったのはそれが理由と見てよさそうだ……。

またある人は、有名なファストファッションのブランドの服を着ているときに、よく誰かと被るのだと口にした。

西崎は思う。そういったたぐいの服は被ることを気にするよりも価格や機能性を優先して選ぶ傾向がありそうだから、それは被りやすくもなるよなぁ、と。

まったく同じ服でなくとも、雰囲気が被るというケースもあった。たとえば、色は違えどボーダーであるという点が被ったり、全身のコーディネートの印象が被ったりという具合だ。

西崎はその経験者にも話を聞いた。そして、被ったのには季節がもたらす気分だったり、世の中の流行だったりが大きく関係していそうだなぁと思うに至る。

これらを踏まえて、西崎は若菜に言った。

「結局、服が被るのには何か必然的な理由があるんじゃないかな？　知られざる秘密とかじゃなくて、すでにみんながよく知ってるような」

「でも……」

若菜は答える。

「中には、これっていう理由がよく分からないケースもたくさんあるみたいでしたよね……？」

「そうだけど……それはただの偶然っていうだけの話で」

「うーん……」

表情をくもらせたままの若菜に、西崎が尋ねる。

「なんだか、納得できないって感じだね」

「そうですねぇ……その偶然に思えるケースの中に、やっぱり何かが潜んでるような気がするんです」

「例の勘？」

うなずく若菜に、西崎は言う。

「じゃあ、もう少しだけ調べてみるかぁ……」

西崎たちはその「何か」の手がかりをつかむべく、再び街へと繰りだした。

若菜が声をあげたのは、そうして街を歩いていたときだった。

「あれっ？」

「うん？　どうかした？」

「あの男性二人組の右側のほうの人なんですけど、さっき同じデザインのシャツを着てた人がいたなと！」

「すごい記憶力だね……間違いないの？」

「はい！　あのシャツ、かわいいなって思ったので覚えてたんです！」

「じゃあ、ちょっと話を聞いてみようか」

西崎たちはその男性に近づいて、声をかけた。

「すみません、探偵をしている者なんですが……」

男性は一瞬、怪訝《けげん》な顔になったものの、簡単な調査の趣旨を述べ、先ほど同じシャツを着た人を見かけたのだがと切りだすと表情を一変させた。

「えっ！　その人、どこにいたんですか!?」

目を輝かせる男性に今度はこちらが怪訝な顔になりつつも、若菜が答えた。

「えっと、すぐそこの本屋さんの前あたりで……」

「ありがとうございます！」

そう言うと男性は急に駆けだし、横にいた連れの男性も無言でそのあとについていった。

西崎と若菜は呆然《ぼうぜん》としつつも、顔を見合わせる。

「追おうか……！」

「はい……！」

西崎たちが追いついたのは本屋の前で、二人が話しかけたほうの男性が西崎たちに気づいて言った。

「さっきは貴重な情報をありがとうございました！　おかげで同じシャツの方と出会えて、ばっちり得点ももらえました！　終了時間ギリギリだったので、本当に助かりましたっ！」

その妙な口ぶりに、西崎も若菜も意味が分からず困惑する。

妙と言えば、先ほどから男性の隣で控えているもう一人のことも気になった。スーツにサングラス姿のその人はなぜだか白い旗を手にしていて、相変わらず無言のままで立っていた。

すると、西崎たちの視線から察したらしく、男性が言った。

「あっ、こちらの方は審判です」

「審判……？」

軽くうなずいて応じたその人――審判に、西崎たちの困惑はますます深まる。

たまりかねて、西崎は尋ねた。

「あの、審判というのは何の……と言いますか、得点とおっしゃっていましたけど、何をされているんですか……？」

「すみません！　そうですよね！　シャツが被った興奮で、説明も忘れてついベラベラと！」

そして、男性はこう口にした。

「ぼくはツインジーズ・マッチという大会の参加者で、ちょうど試合をしていたところだったんですよ」

若菜がつぶやく。

「ツイン……？」

「ツインジーズ・マッチです。〝ツインジーズ〟は双子に由来する俗語で、服が被るという意味がありまして。この大会は、いかに人と服が被るかを競い合うものなんです」

「ええっ？」

若菜たちは耳を疑った。

「被らないセンスを競うんじゃなくてですか……？」

「ええ、被るセンスを競います」

「えっと、そんなことをして何の意味が……あっ、すみません！　意味なんてそれぞれですよね！」

慌てて謝る若菜に対して、男性は笑った。

「いえいえ、最初にこの大会の存在を知ったときは同じことを思いましたので、大丈夫ですよ。それで言いますと、大会の参加者にはぼくのように純粋にゲーム性を楽しむ人も少なくはないんですが、運営側の根底にあるのは人と被ってもいいじゃないかという理念なんです」

男性はこんなことを話してくれる。

服が被ると多くの人は気まずい思いをするものだけれど、中には被った服を着るのが怖くなってしまう人もいる。あるいは恐怖が膨らんで、どんな服を着ても誰かと被るような気がして服と向き合うのが苦しくなってしまう人もいる。もっとひどい場合には、ファッションに限らず何をするにも人と被りそうな感覚にとらわれて、生きづらくなってしまう人さえいる。

「運営側は、この大会がそんな人たちにとっての救いの場になることを願っているんです。あえて人との被りを狙いに行くことを通して、被ることへの恐怖心をなくしてもらおうということですね」

それから、と男性はつづける。

「いまは人と違うことばかりが求められる時代ですが、それはそれで素晴らしいことだとして、人と同じであることもまた素晴らしいことなのだというメッセージも込められているんです。ぼくもそこに共感して、大会に参加させてもらっています」

思いがけず深い理念に触れ、西崎も若菜も胸を打たれる。

西崎の頭の中には、先日カフェで聞いた話もよみがえる。

あのときの若菜たちもまた、服が被るのではないかと考えると嫌になるというようなことを言っていた。世の中にはその延長で追いこまれてしまう人はいそうだし、そういった人に救いの手を差し伸べたいというのはなんて立派な想《おも》いだろう……。

「何の意味があるのかなんて聞いたりして、私、すごく恥ずかしいです……」

若菜が言って、男性は微笑《ほほえ》む。

「まあ、ぼくたちも試合のあいだは被ることに夢中になって、理念はすっかり忘れていますが」

そんな中、西崎はこの大会にがぜん興味が湧いてきていた。

理念をもっと肌で感じるためにも、自分も参加してみたいものだとも思った。

「チャンスがあれば、いつか試合にも出てみたいものですね……」

つぶやいた西崎に、男性が言った。

「いつかとは言わず、いまから出てみませんか？　ちょうど、このあと街を移動して第2試合が行われるんですよ」

「えっ⁉　飛びこみで参加できるんですか⁉」

「少人数なら大丈夫のはずです」

西崎は若菜を見やった。

若菜も「当然」という顔で首を縦に振っていた。

「せっかくなので、ぜひ二人でお願いします！」

男性は笑顔でうなずき、会場まで案内しますね、と審判を伴って歩きはじめた。西崎と若菜はそのあとについていった。

たどりついたのは下北沢にほど近い公共の体育館だった。

そこには、ハンガーに掛かった服が何列にもわたってずらりと並べられていた。

西崎と若菜がその数に圧倒されていると、いったんそばを離れていた男性が戻ってきた。

「運営側も、お二人の参加を快諾してくれました。心おきなく試合に臨んでくださいね」

感謝を述べつつ、西崎は言う。

「そういえば、詳しいルールを伺っていませんでしたが……」

「ここにある服の中から自分でこれだというアイテムを選んで、試着室で着替えてください。あとは街に出て、制限時間内に自分と被っている人を探すだけです。服に限らず、帽子でも何でもとにかく誰かと被っていれば得点になりますよ。まったく同じアイテムであれば高得点が入りますが、雰囲気が似ているだけでも得点が入ることがあります。それから、アイテムの変更は何度でもできますので、途中でここに戻ってきて着替えても大丈夫ですので」

でも、と西崎は尋ねる。

「いくらこれだけの数があるといっても、ここに用意された服の中に実際に街にいる人と被るものがあるとは限らないですよね？　というより、改めて考えてみると、むしろこの中に被る服があるほうが奇跡のような……」

「本来であればそうなんですが、そこがこの大会のおもしろいところでして。ここにある服の中には、いままさにこの街に来ている人と同じものが一定の割合で用意されているんですよ。運営側はどうやって把握しているのか分かりませんが、ぼくたちはその〝被る服〟を選び抜くセンスが問われるわけです」

「なるほど……」

西崎はつづける。

「あの、もうひとついいですか？　ぼくみたいな人間には同じ服かどうかを見分けられる自信もありませんが、雰囲気が似ているかどうかなんて、もはやどうやって判断すれば……」

「そのあたりは選手一人一人に審判がついて判定を行ってくれますので、ご安心ください」

「よかったです……！」

さらに男性からは、優勝者には優勝の名誉とともに白Tシャツが贈られるのだとも教えてもらった。それはどこにでも売っているような被ることを前提とした代物らしく、西崎はすみずみにまで理念が行き届いているんだなぁと感心する。

そうこうしているうちに開始の時間が迫ってきて、西崎と若菜は男性と別れ、ほかの大勢の参加者に交じって体育館の壁際に並んだ。

「楽しみですねっ！」

ウズウズしている様子の若菜に、西崎は聞いてみる。

「花倉さんは、作戦とかあるの？」

「あんまり考えてないですけど……下北なので、下北っぽい感じをイメージしておいたほうがいいのかなぁと！」

その言葉に、そうか、と西崎は思う。

試合会場を変えたのは、街ごとにあるファッションの傾向の違いを利用して競技に幅を出すためだったのか……。

ともあれ、西崎は尋ねる。

「下北だと、古着とか？　でも、古着って一点もので、人とは被らないイメージがあるけど……」

「そこは運営側が何とかしてくれてるんじゃないですかね？　レプリカを用意したりとか」

カウントダウンがはじまったのは、そのときだった。

直後、ブザーが鳴って、ついに試合が開始した。

「はじまりましたね！　行きましょう！」

駆けだした若菜につづき、西崎はとりあえず近くのエリアに走って行った。

が、並んだ服を前に、どれを選べばいいんだろうとたじろいだ。

そんな中、そばで若菜が声をあげた。

「あっ！　これっ！」

若菜は一枚のTシャツを手にしていた。

「〝モイスト・シティ〟のライブT！」

「何それ……？」

「えっ、モイスト知らないんですか!?　いまチケットが全然取れない超人気バンドですよ！」

そう言われても、西崎にとっては初めて聞いた名前だった。が、カルチャーについていけていないことを認めたくなくて、必死になって取り繕った。

「いや！　もちろん曲を聴いたことならあるんだけどさ！」

ところが、若菜はさっさとTシャツを持って移動していて、すでにその場にはいなかった。

西崎の強がりだけが、場に虚《むな》しく溶けていく。

しばし呆然としていたが、西崎はハッと我に返る。

いやいや、こんなことしてる場合じゃないんだった……！

西崎は、なんとか服選びを再開する。

どんな服を選べばいいのかは依然として分からなかった。けれど、西崎は下手に考えずに、いつも通りの自分を出そうと思い直す。

どうせ端《はな》から独自のセンスなんて持ち合わせていないんだから、素直に選べばすぐに誰かと被るだろう……。

そうして選んだのは、赤と黒のチェック柄のシャツに、グレーのカーディガン、ベージュのチノパン、藍色のスニーカーという組み合わせだった。

「よし、行くぞ！」

さっそくそれに着替えると、先に飛びだしていった若菜に負けまいと、西崎も審判を伴って街に出た。

さあ、被っている人はどこにいるか——。

西崎はきょろきょろと周囲を見ながら、ひたすら街を歩き回った。

人を観察するのは仕事柄慣れているものの、なかなか被っている人は見つからず、時間だけが過ぎていく。

少し休憩しようかなと思ったのは、小一時間ほどがたった頃だ。

いまだ誰とも服は被っていなかったが、西崎に焦りはなかった。

まあ、こんなもんだよな。

そう思い、泰然《たいぜん》と構えていた。

若菜と道端で出くわすまでは——。

「あっ！　西崎さん！」

向こうから手を振りながらやってきた若菜は、西崎に聞いた。

「どうですか？　被ってる人はいましたか？」

「いや、まだまだこれからって感じだね。花倉さんは？」

まだ誰とも被ってません！

西崎は、そんな返事があるものだとばかり思っていた。

が、若菜はこう口にした。

「ぜんぶ被りました！」

「えっ……!?」

意味が分からず、西崎は尋ねる。

「ぜんぶって、全身ってこと……？」

「そうです！　全身です！」

「ってことは、その個性的なTシャツも……!?」

「モイストのは一瞬で被りましたよ！」

固まる西崎に、若菜はつづける。

「それじゃあ、私は次のコーデに挑戦してきます！　西崎さんもがんばってくださいね！」

体育館のほうに急ぐ若菜の背中を、西崎は呆然と見送った。

ウソだろう……？

そして、ようやく尻に火がついた。

おれも早く被らないと……！

しかし、二時間たっても三時間たっても被る人は見つからないまま、西崎は街をさまよいつづけた。

唯一、同じようなチノパンを穿《は》いた人を発見したときには歓喜しながら審判に判断を仰いだが、得点を告げる白い旗は上がらなかった。

「なんでですか!?　同じですよね!?」

西崎が迫るも、スーツにサングラス姿の審判はきわめて冷静な口調でこう告げた。

「たしかに色味は同系統ですが、残念ながらフォルムがまったく違います」

審判にそう言われると引き下がるしかなく、西崎はしぶしぶ次に向かった。

別の服に着替えに戻るという選択肢もよぎりはした。が、どうせ何かを狙いに行けるようなセンスはなく、着替えたところで無駄だろうと同じアイテムでやり通すことを決めていた。

そうこうしているうちに西日が差しだし、終了時間の17時まで残り30分を切ってしまった。

焦りがピークに達したとき、不意に声が聞こえてきた。

「西崎さん、お手伝いさせてくださいっ！」

振り向くと、そこには若菜が立っていた。

「手伝うって、自分の勝負は……？」

「えっと、あのあともたくさん人と被りまくってたら、歴代最高得点を大幅に更新したみたいで！　誰も追いつけないから優勝だって言ってもらったので、私のことは何も気になさらないでくださいっ！」

「そ、そうなんだ……」

さらりとすごいことを言ってのけたなと思いつつ、西崎はありがたく若菜の手を借りることにする。

と言っても、もう着替えに戻る時間はなく、いまの服装のまま、あとはとにかく被る人を見つけだすしかない状況だった。

「見逃すことだけはないように、最後まであきらめずに探しましょう！」

西崎と若菜は街中を走りながら、道行く人の服装に必死で目を凝らす。

残り十五分を切り、十分を切る。

それでも誰とも被らない。

五分、三分。

残り、一分。

もうダメかと西崎があきらめかけた、そのときだった。

若菜が、あっ、と声をあげた。

「西崎さん！　あの人！」

若菜の指差す先に、一人の男性の姿があった。

その服装を見て、目を見開いた。

上から下まで、西崎と瓜《うり》二つの格好をしていたのだ。

西崎たちは駆け寄って、男性に声をかけた。

「すみません！　あの！」

西崎の声に、男性もこちらに気がつく。どういうわけか、向こうも驚愕《きょうがく》した表情になる。

ちょうどそのとき、17時を告げるチャイムが街に響いた。

西崎が慌てて審判に尋ねた。

「これって、ギリギリセーフですよね⁉」

一瞬の静寂のあと、審判は言った。

「制限時間内とみなします」

ですが、と審判はつづけた。

「得点は認められません」

「ええっ⁉」

西崎は耳を疑った。

「素人目にも、さすがにこれは完全に一致していますよね!?」

猛抗議しかけた西崎を制したのは、若菜だった。

「西崎さん！　あの……」

若菜は言った。

「この方も選手みたいです……！」

「選手……？」

西崎は視線を前にやる。

よく見ると、相手の男性の隣にも西崎と同じようにスーツにサングラス姿の審判が立っていた。

戸惑いながら、西崎は尋ねる。

「じゃあ、あなたもツインジーズ・マッチに……？」

相手の男性はうなずいた。

「ええ……」

審判が言った。

「得点を差し上げたいのは山々ですが……選手同士の服装の被りは認められていないんですよ」

その結果に、西崎は肩を落とし――はしなかった。

たしかに驚きはした。

が、それが去ると、むしろ心からの安堵《あんど》がこみあげてきていた。

得点なんて、今やどうでもよくなっていた。

自分と同じ人がいた。

その事実だけで十分だった。

「被るって、案外悪くないんだなぁ……」

孤独感から解放されて、西崎の口からは自然と言葉があふれ出てきた。

それとほとんど同時に場に響いた声があった。

相手の男性が意図せずこぼした、こんな言葉だ。

「被っても、うれしいことがあるんだなぁ……」

二人は驚きで顔を見合わせ、照れた笑みを浮かべ合う。

「服だけじゃなくて、言葉まで被りましたね」

西崎がそう言い、冗談めかして審判に尋ねる。

「えっと、これは得点になりますか？」

お互いの審判が視線を交わす。

協議もせずに一人が答える。

「本来ならば、もちろんノーカウントですけれど」

審判たちはお茶目に笑う。

そして、二人そろって勢いよく白旗を上げた。

パスワードのリセットメールがぜんぜん届かない

昼食をとり終え、西崎はひとり幸福感に包まれながら帰路についていた。

いつもなら、昼はコンビニ一択の西崎だったが、この日は違った。足取り軽く赴いたのは近所のファミレスで、ステーキセットに大いに舌鼓を打った。

こんな贅沢《ぜいたく》ができたのには、当然ながら理由があった。

久しぶりにまとまった収入があったのだ。

きっかけは少し前、服が人と被《かぶ》ることにまつわる調査をしたあとのことだった。西崎が依頼人の女性二人に報告をすると、二人とも知られざる秘密に驚いてくれ、これからは被っても落ちこまなくなりそうだと感謝の意を伝えてくれた。そして、最後にこんなことを言ったのだ。

「っていうか、ほんとに探偵さんだったんですね……疑ったりしてすみませんでした!」

「私もです! それで、あの、ぜひ西崎さんのことを紹介させてほしい子がいるんですけど……」

話によるとそれは彼女たちの友人で、不審者につきまとわれて悩んでいるということだった。そうして西崎は後日、本人とも会って正式に依頼を引き受けて、学業でバタバタしている若菜を置いて一人で調査に乗りだした。その結果、悩みの解決に役立って、正当な報酬を受け取った——。

〝憂鬱探偵〟としての仕事は、もともと西崎のなかではなんとなく本業のかたわらのボランティアという位置づけだった。今後も本腰を入れていくつもりはないどころか、費用も持ち出しなのでできれば避けたいものだとすら思っていた。

が、この一件以来、心境は少しだけ変化していた。

変なあだ名のことはいったん置いておくとして、正規の探偵業の依頼につながるのなら、この手の相談もそんなに悪いものでもないのかもなぁ、と。


そんなことを思い返しながら、西崎が事務所の入るビルの前まで戻ってきたときだった。

ビルの入口あたりに二人組の男女を見つけた。

二人はどうやら揉《も》めているようで、なんだか気になった西崎はスマホを確認しているふりをして声が聞こえるところで立ち止まって耳を澄ませた。

「……だから、どう考えても怪しいって。やめたほうがいいよ」

強い口調でそう言った女性に対して、男性はすぐに反論する。

「別に大丈夫だって。相談してみて変な感じだったらやめておけばいいんだし」

「っていうか、何度も言ってるけどさ、どう考えてもそれって相談するほどのことじゃないよね？」

「いや、だから、おれにとっては相談するほどのことなんだって」

相談、という言葉に西崎は思う。

もしかして、話題にのぼっているのは自分のことだったりするのか……？

女性が言う。

「あなたの会社の先輩だって、その人のことは噂《うわさ》でしか知らないんでしょ？　知り合いから聞いたとかなんとか」

「まあ、そうだけど……でも、適当なことを言う先輩じゃないし」

「どうだか分からないけどさ、その人の呼び名もうさんくさすぎだって」

女性はつづけた。

「なに？　憂鬱探偵って」

瞬間的に、西崎の心臓は跳ね上がる。

うわっ、やっぱり自分のことだ……！

それと同時に、ほんの少しだけ傷つきもする。憂鬱探偵という呼び名は、西崎自身もまったく気に入ってはいなかった。だが、他人から指摘をされるとあまりうれしいものではなく、実際にそう呼ばれている自分自身を擁護したい気持ちもこみあげてくる。

二人はさらに過熱する。

「絶対に詐欺だって！」

「相談するだけなんだから、放っといてくれってば！」

そんな中、西崎は気がつけば会話に割って入っていた。

「すみません、ちょっといいですか？」

不審げな表情の二人に向かって、西崎は言った。

「私が、その西崎です。騙《だま》したりしませんから、ご安心ください」

「はあ、西崎さん……」

まだピンと来ていない様子の二人に、西崎は思わず声をあげた。

「西崎です！　あの、その……憂鬱探偵の！」

ああ、言ってしまった……。

敗北感にさいなまれる西崎とは対照的に、目の前の二人は表情を一変させた。女性は話題にしていた相手が近くにいたことへの気まずさが、男性は目的の人物に予期せず会えたことへの驚きがにじんだ表情だった。

「……とりあえず、こんなところでは何なので、中へどうぞ」

西崎は促し、二人を事務所に案内した。

「それで、ご相談というのは？」

ソファーに腰かけ西崎が尋ねると、まだまだ疑いのまなざしを向ける女性をよそに男性が言った。

「私、パスワードのリセットメールがぜんぜん届かないんですよ……」

「リセットメール？」

「WEBサービスでパスワードを忘れたときに、パスワードを再発行してもらうための手続きがありますよね？　あの最初のステップで自分宛に送られてくるメールのことなんですが……」

西崎は、ああ、と思いだす。

再発行のためのURLなどが記載されているメールのことか、と。

「そのリセットメールが、再発行を申請しても送られてこないんですよ。ふつうは数分で来るはずなのに、一時間とか二時間たってから届いたり、へたをするとずっと届かないままだったり……もしかして申請できていないのかもと何回ボタンを押してみてもダメですし、ひとつのサービスだけの話ならまだしも、ほかのサービスでもそういうことがよくあって……パスワードを忘れるたびに、また待たされるのかと思ったら憂鬱で仕方なくて……」

男性の隣で女性が言った。

「あの、こんなことを探偵さんに相談しても仕方ないですよね？　そもそもパスワードを忘れなければいい話でもありますし」

西崎は心の中でその考えに同意しつつも、男性に尋ねる。

「そのリセットメールですが、間違って迷惑メールに振り分けられていたり、相手のアドレスがこちら側で拒否設定になっていたりはしないんですか？」

「もちろんチェック済みですが、その可能性は基本的にはなさそうですね……」

「うーん……」

となると、それはもう各WEBサービスに問題がありそうで、自分に相談されてもなぁ……。

そう思いつつ、西崎はみずから名乗った以上、なんだか無下にはしづらかった。

加えて、舌の上によみがえってきたものもあった。

先ほど食べたステーキの味だ。

この案件がきっかけで、もしまたステーキにありつけたら……。

そんな下心も追い風となり、西崎は言った。

「……まあ、お役に立てるかは分かりませんが、調べるだけは調べてみましょう」

そう約束し、二人を帰した。

若菜が事務所に顔を出したのは、そのすぐあとのことだった。

西崎が引き受けたばかりの依頼のことを伝えると、若菜はパッと笑顔を咲かせた。

「すごい！　またまた口コミじゃないですか！　私もやります！　がんばって調べましょう！」


西崎は若菜とも話しながら、いつものようにどう調査するかを考えた。

その結果、まずは二人で手分けして、一連の流れをとりあえず実行に移してみようということになった。

西崎たちはフリーアドレスを取得して、片っ端からWEBサービスに登録した。

SNSに、ネットショップ。

動画視聴サービスに、音楽配信サービス。

そして、パスワードの再発行申請を次々と行っていった。

多くの場合は、〝リセットメール〟がきちんと届き、スムーズにパスワードを設定し直すことができた。しかし、中には届くのが遅れたり、いつまでたっても届かないケースもあったりして、西崎たちはそのたびにサイトの運営会社に問い合わせた。

そうして返ってくるのはお詫《わ》びの言葉と、状況を確認した上でリセットメールを再送するという文言で、実際にその後、リセットメールは送られてきた。

が、西崎たちには引っかかるところもあった。

というのが、問い合わせた先にはそのつどリセットメールが遅れた理由を教えてほしいと聞くようにしていたのだが、相手はお詫びの言葉を繰り返すのみで、なんだかその話題には触れたくないような雰囲気が漂っていたのだ。

「またはぐらかされた感じだなぁ……」

西崎がつぶやき、若菜も言う。

「直接関係ない質問には答えないっていうマニュアルでもあるんでしょうか……」

なかなか進展はなかったが、二人は継続して新たなＷＥＢサービスに登録して、パスワードの再発行申請をしつづけた。

思わぬ形で突破口が開けたのは、ある日のことだ。

西崎のもとに知らないアドレスから一通のメールが送られてきて、開くとこんなことが書かれていた。

――お調べの件で、お話ししたいことがあります。もし可能でしたら、一度お会いできませんか？

それを読んで、若菜が言った。

「調べてる件って、リセットメールのことですよね？　意味ありげな書き方ですけど、なんで私たちが調べてるって知ってるんでしょう……」

「そうだね……それも含めて、会って話を聞いてみようか」

西崎はさっそく返信をして、相手と会う約束をとりつけた。

その当日、西崎と若菜が喫茶店の個室で待っていると、扉が開いて一人の若い男性が入ってきた。

「西崎さん、ですね？」

問われて西崎がうなずくと、相手は言った。

「こちらの名前は、失礼ですが念のため偽名でお願いしたく……吉田《よしだ》という名前を使わせてください」

その男性——吉田氏は、席に座ると改めて口を開いた。

「先日は突然メールを送ってしまってすみません。どうしても聞いていただきたいことがありまして……」

「その前に、私たちの調査のことはどうやってお知りになったんですか？」

「上司たちが話しているのを、たまたま耳にしたんです。リセットメールのことを調べ回っている人物がいるようだ、と。それでいろいろなデータベースに侵入して調べるうちに、西崎さんのことを知ったんです。そのあたりも本来は違法行為なので、内密に願います」

「もちろん情報を漏らしたりはしませんので、ご安心ください」

そう答えつつも、西崎たちは不穏な言い回しに緊張感がおのずと高まる。

吉田氏はつづける。

「時間もないので手短にお話しします。私はいろいろなWEBサービスの運営会社から委託されて、リセットメールの送信を専門に行う会社に勤めているんですが……」

「えっ、リセットメールって、そのサービスの運営会社が送ってくれてるんじゃないんですか？」

割り込んだ若菜に、吉田氏は答える。

「もちろんそういう場合もありますが、申請の数が日々あまりに多いので自社で管理するのはかなり大変なんですよ。特に小中規模の会社は自分たちのリソースをそちらにはなかなか割きづらいですし、ノウハウがないのに下手にやって情報流出につながったりしてもおおごとですから、うちが代理で管理を行うことが少なくないんです」

もっとも、と吉田氏はつづける。

「一般の方がご存じでないのも無理はありません。市場を独占してボロ儲《もう》けをしていることが知られたら、うちは批判を浴びて甘い汁が吸えなくなってしまう可能性がありますからね。それを避けるために、委託元の陰に巧みに隠れてひそかに運営されているんです。上司たちが西崎さんの動きを警戒しているのも、世間に広く知られることを恐れているからなんですよ」

その話に、西崎は首をかしげる。

「でも、正当な利益なら、別に批判される筋合いはありませんよね？　まあ、リセットメールを自動で送信するだけで儲けるなんて許せないと、妬む人はいそうですけど……」

するると、吉田氏はかぶりを振った。

「それが、そうでもないんですよ」

「どういうことですか……？」

「まずリセットメールのほうで言いますと、いまは自動ではなく手動で送信するシステムになっているんです。私が入社する前に先代の社長の考えで変更されたらしいんですが……パスワードの再発行にはもっと慎重を期すべきだということで、リセットメールも会社の承認を得られないと送信してはいけない決まりになったんです。私たちはひとつひとつの申請に対して承認を得るための会議を毎度毎度行って、やっと承認が下りたところで担当者が手動でリセットメールを送信していて……それでなんです。リセットメールの到着に遅れが出てしまうのは」

「ははあ……」

西崎はうなる。

リセットメールが遅れるのには、そんな理由があったとは……。

しかし、引っかかったのが吉田氏の表情だった。いかにも気にくわないというふうなその様子に違和感を覚えつつ、西崎は言った。

「個人的な希望としては、リセットメールには早く届いてほしいところではありますが……慎重を期すということでしたら、それはそれでやむを得ないことなんでしょうねぇ」

「本当にそうなら、おっしゃる通りこのシステムにも一理はあると思います。ですが、問題は会議の在り方なんですよ」

吉田氏は怒りのこもった口調で言う。

「いい大人が寄ってたかって分かり切ったことを議論したり、無駄に話を引き延ばしたりしていて……私が許せないのはそこなんです。お客様のことを考えるなら、もっと迅速に承認して、一刻も早くリセットメールをお送りするべきなのに」

「……システムが形骸化しているということですか？」

「私も最近まではそう考えていて、それならまだ救いようがあったんですが……実際はわざと会議を遅延させていたんです。先日、意を決して現状を変えるべきだと先輩に訴えかけたときに、こんな話を聞いたんです。上が早く承認しないのは、委託元からオプション料金をとれなくなるからなんだ、と」

「オプションですか……？」

「ええ、先輩によると、どうやらうちの会社はオプション料金を支払っている委託元の案件は会議もせずにすぐ承認していて、そうでない委託元の案件のみ会議を開いてわざと承認を遅らせているらしいんですよ。そうすることで、どの委託元もオプション料金を支払うように暗に圧力をかけているんです。リセットメールが遅れて困るのはお客様だけではなく、苦情の受け皿になる委託元もですからね。じゃあ、かといって圧力をかけられた委託元が反発するかと言うと、そんなことなどできません。文句を言って契約を切られたら困難な状況になりますし、ほかに頼もうとしても独占市場なので頼める先もないですから。なので、いくらうちがあくどいことをしていても、委託元は泣き寝入りなんです」

吉田氏は必死で訴えた。

「こんなのは正当な利益とは到底呼べませんし、上もそれをよく理解しているので社の存在を世間から隠したがるんです。本当に腐っていますよ……私がコンタクトをとらせていただいたのは、それでなんです！　西崎さんにはうちの会社の腐敗を暴いていただき、正常化させることに協力していただきたいんです！」

吉田氏の怒りにあてられて、西崎の心もいつしか煮えたぎっていた。

「そんなことのせいでリセットメールの到着が遅れていたとは……おっしゃったことが事実であれば、いち庶民としても許しがたいことです。できる限りのことはやらせていただきますよ！」

若菜もつづく。

「私も同じ想《おも》いです！」

「ありがとうございます！」

吉田氏は頭を下げつつ、こう言った。

「ちょうどこのあとに午後の会議があるんですが、可能でしたらまずはその内容を実際に聞いてみていただけませんか？　会議中に電話をつなぎっぱなしにしておきますので」

「やりましょう！」

二人は使命感を燃やしながらうなずいた。

一時間後、西崎と若菜は喫茶店の個室にとどまり電話の向こうに耳を澄ませていた。

これから吉田氏が参加する会議は、彼の上司である部長を筆頭に年配者が多く参加するものなのだと聞いていた。そして、その場に吉田氏のような部下たちが審議の対象となるパスワードの再発行申請を一件ずつ持ちこんで、議論の末に承認か否かが決定されるのだという。

と言っても、承認されなかったことは吉田氏の経験上は一度もないらしかった。かつ、議論の開始前や最中に申請者本人から問い合わせがあった場合は、すぐにリセットメールを送信する決まりになっているらしく、その点についてもこのシステムがいかに茶番であるかを物語っていると吉田氏は気を吐いていた。

「……これから会議室に入ります。音に問題はありませんか?」

通話口から吉田氏の小声が聞こえてきて、西崎は「大丈夫です」と短い言葉でそれに応じる。

「よかったです。では、これから入ります」

一拍置いて扉をノックする音がして、吉田氏の声が聞こえてきた。

「失礼します」

別の声が聞こえてきたのは、直後だった。

「次はきみが担当の案件か。対象者は……この方だね」

電話の向こうから、かすかに紙がめくられる音がする。

再発行の審議は紙の書類をベースに行われるとのことで、これも吉田氏が非効率的だと憤慨していた点だった。

西崎も思う。デジタルなものをわざわざアナログにするなんて滑稽でさえあるよなぁ、と。

そのとき、吉田氏がいきなり声をあげた。

「承認をお願いします！」

これまた単刀直入だなぁと苦笑しつつも、西崎は同時に頼もしさも覚える。

このまま承認してくれればいいのだけれど……。

しかし、ほかの会議参加者だろう、先ほどとは別の誰かがこう口にした。

「あなたは相変わらずせっかちですね。まあ、まずは落ち着いてください」

「落ち着いてなんかいられませんよ！」

食ってかかるように、吉田氏は言う。

「いまこの瞬間にも、時間はどんどん過ぎていっているんですよ!?　私はお客様を一秒でもお待たせしたくないだけです！」

「その気持ちは私たちも同じですよ。とにかく、話は座ってからにしませんか」

しらじらしいな、と西崎は思う。

吉田氏の言う通り、本来ならば悠長にしている時間などないだろうに……。

会議はゆるやかにはじまって、誰かが言った。

「パスワードの再発行を申請するのはいいがね、本件の対象者はそもそもパスワードの管理がずさんなのではないのかな？　簡単に再発行してしまうのは、いかがなものだろうか」

吉田氏がすかさず言った。

「決めつけです！　パスワードを忘れることなんて、誰にでもあるじゃないですか！」

そうだそうだ、と西崎は心の中で応援する。

が、別の誰かが口にした。

「とはいえ、資料によると、対象者はこれまで別のサービスでも何度も申請を繰り返してきているようですね。果たして、これを忘れたという言葉で片づけてしまってよいのでしょうか」

「う……」

吉田氏はひるんだような様子になって、西崎も内心で言葉に詰まる。

そういう裏事情があるのなら、たしかに管理にずさんな面がある人なのかもしれないな……。

吉田氏はすぐに反論する。

「でも、そんなの関係ないですよ！　過去は過去です！　対象者はいま困っているので、早急にリセットメールをお送りすべきです！」

西崎もハッと我に返り、そうだった、と思いだす。

パスワードを再発行するのに、過去のことなんか関係ないじゃないか！

しかし、誰かの声が返ってくる。

「あなたは何でもかんでも即座に再発行すればいいと考えているのかもしれないけれど、そう簡単なものじゃないの。このまま滞りなく再発行すれば、どうなるか。きっと近い将来、この方はまた安易に同じことを繰り返すに違いないわ。そうなれば、私たちがまた時間を割いて会議をしなければならなくなる。ということは、そのしわ寄せで、やむを得ない事情で申請している対象者の審議が遅れる可能性が出てきてしまう。それは歓迎すべきことなのかしら。それとも、目の前のことにとらわれて全体が見られていないだけの、ゆゆしき事態なのかしら」

西崎の手元から、音声が途絶える。

通話が切れたわけではないことは画面を見れば明らかだった。

つまるところ、吉田氏が無言になったのだ。

西崎も、電話の向こうから投げかけられた問いに思わず考えさせられていた。

なんだか、相手のほうがまともなことを言っているような気がしてきたな……。

そのとき、吉田氏が息を吹き返した。

「そんなのは詭弁《きべん》です！　いますぐ承認をお願いします！」

「そう結論を急いではいけません。対象者にはお灸《きゅう》をすえておくのも一手かと、私は思いますけれどね」

「お灸って、何をするつもりですか!?」

「アカウントを一週間ほど停止して、今後のためにパスワードの管理講習を受けてもらう。そのあたりが妥当ではないでしょうか」

「あんまりですよ！　ちょっとパスワードを忘れただけじゃないですか！」

「その〝ちょっと〟というのが危険なのではないですか？」

そんな誰かの言葉を、また別の誰かがつづけて引き取る。

「そもそも、このシステムを考案した前社長の理念は、きみも知っているだろう？」

また無言になった吉田氏に、その人はこんなことを語りはじめる。

世の中はずいぶん便利になって、いまでは何でもかんでもボタンひとつで済むような時代になった。それにはもちろん良い面もたくさんあるが、失われたものも多いのではないか。

それが前社長の理念の根本にある考えだ。

そして、その失われたもののひとつがパスワードの管理意識で、ボタンひとつでラクに再発行できることが人々を楽観的にさせてしまい、管理意識を著しく低下させた。

この事態に警鐘を鳴らすためにも、前社長はこう唱えた。

リセットメールはこれまでのように自動で送信するのではなく、手動に切り替え、送信前にそのつど丁寧に議論をしていくべきではないか。そして、申請者の管理意識のいかんによっては、送信を遅らせることもあってしかるべきなのではないか——。

西崎は若菜と目が合った。

どちらからともなく、通話口から離れたところに移動する。

電話の向こうに聞こえないよう、ささやき声で若菜が言った。

「なんか、聞いてた感じとは違いませんか……?」

「だね……少なくとも、相手には相手の言い分があるみたいな感じだよね……」

「そういえば、会社のシステムの裏話って、吉田さんは先輩から聞いたっておっしゃってましたよね？　あれって本当に事実だったんでしょうか……」

「どうだろう……ただ、リセットメールの送信はこのあいだにもどんどん遅れているわけで、申請者からしたらこんな会議なんかやめてほしいと思うだろうし……」

二人の言葉からは、もはや最初の勢いが消えていた。

何が本当で、どちらが正しいのだろう……。

そのとき、先ほどの声が通話口から聞こえてきた。

「……しかし、まあ、今回は大目に見るとして、承認することとしようか」

西崎も若菜も、思わず「えっ」と声をあげた。これはさすがに否認されるのだろうと思っていたところに、急に承認が下りたからだ。

「これにて、きみの案件は終わりとする。次の手続きに進むように」

西崎たちが戸惑っているところに、少し遅れて吉田氏がぽつりと言った。

「……ありがとうございます」

そうして、吉田氏は会議室を辞したのだった。


やがて吉田氏が喫茶店の個室に戻ってくると、若菜が言った。

「てっきりダメだと思ってたんですけど、承認されてホッとしました……」

すると、吉田氏はせせら笑った。

「あれが上のやり口なんです。いつも引っ張るだけ引っ張って、最終的にはあっさり承認するという」

若菜は曖昧に微笑《ほほえ》んだ。その隣で、西崎も同じような表情を浮かべていた。

二人は、吉田氏が来るまでにこう話し合っていた。

吉田氏の会社は、事前に聞いた通りにやっぱり腐敗しているのかもしれない。リセットメールも、早く送ってほしいことには変わりない。しかし、自分たちが状況を判断するには、もう少し様子を見る必要がありそうだ、と。

そして、西崎たちはこうも話した。

いずれにしても、リセットメールの裏側には吉田氏のように奮闘してくれている人がいる。そのことを知れただけでも、よかったとするべきなんじゃないのかなぁ、と。

そんな若菜との会話は胸に秘めておきつつも、西崎は素直な感想を口にした。

「それにしても、リセットメールを送るのも本当に大変なんですねぇ。簡単に見えるものが実際に簡単であるとは限らないということの、良い例ですね」

するとと、吉田氏がうんざりした表情でうなずいた。

「そうなんですよ。ここから先が、また一苦労で」

「ここから先？」

意味が分からず、西崎も若菜も首をかしげる。

「えっと、それってどういう……」

若菜が尋ねる。

「承認はいまの会議で下りたんですよね？　だったら、リセットメールもすぐに送信して終わりじゃないんですか……？」

「いえいえ、このままでは送れませんよ。まだ部長の承認しか下りていませんからね」

吉田氏はカバンから書類を取りだし、テーブルに置く。

それを見て、西崎たちは目を見開いた。

書類の上部、「部長印」と書かれた枠の中には、たしかに印鑑が押されていた。

しかし、そのさらに横に「社長印」「会長印」という枠が連なっていたのだ。

ため息をつきながら、吉田氏は言った。

「リセットメールを送信するには、ここからさらに上の承認も得る必要があるんですよ。特に前社長の会長は、ゴルフに行ってばかりでなかなかつかまえられなくて」

月曜日は気分が沈む

西崎は糸と針を手にして、袖の裂け目を縫い合わせていた。

まあ、こんなもんでいいかぁ。

一区切りするとソーイングセットを引き出しにしまい、シャツを着る。

若菜が入ってきたのは、そのときだった。

「お疲れさまです！」

その若菜は、荷物を置いてソファーに座ると口を開いた。

「えっ!?　西崎さん、それは……!?」

袖のあたりを見つめる若菜に、西崎は答える。

「ああ、いつの間にか引っかけちゃったらしくてさ。気づいたら裂けてて」

「あっ、いえ、そうなのかなとは思ったんですけど……やっぱりいいです！　すみません！」

「うん？」

意味がよく分からずに、西崎は尋ねる。

「もしかして、びっくりした感じだったのはこれのことじゃなくて？」

「えっと、そのことではあったんですけど……」

若菜は少しためらう様子を見せながらも口にした。

「それって、西崎さんが縫ったんですか……？」

「そうだけど、それがどうかした？」

「あの、その……」

一拍置いて、若菜は言った。

「す、すごく斬新なデザインだなって思いまして……！」

とたんに西崎は、その言葉が真に意味するところをおのずと悟る。斬新なデザインというのは若菜なりに気をつかった表現で、本音としてはこれに引いているらしい、と。

西崎は改めて、自分の縫ったところを見る。先ほどまでは全然気にしていなかったが、いざ指摘をされると仕上がりのひどさが目につきはじめる。

糸は何も考えずにあったものを使ったのだが、その赤い糸が白いシャツに悪い意味で目立っていた。そして何より、適当に糸を回しただけの縫い目はガタガタで、いびつな形に歪《ゆが》んでいた。

自分の雑さと不器用さとが一挙に露呈することとなり、西崎はこみあげる恥ずかしさで消え入りたくなる。

その気持ちをごまかすように、西崎は言った。

「っていうか！　このさ！　いつの間にかどこかに引っかけて服が破れるっていうのも憂鬱だよね！　何か秘密があるのかな⁉　花倉さんの勘としてはどう⁉」

「どうでしょう……今のところは特に何かがありそうな感じはしませんけど……」

「ええっ……！」

気まずさはさらに膨らみ、ごまかしは完全に逆効果となる。

早く別の話題を探さないと……！

事務所の扉がノックされたのは、そのときだった。

「はい！　なんでしょう！」

西崎が飛びつくように返事をすると、一人の女性が入ってきた。

「すみません、こちらは憂鬱探偵さんの事務所ですか？　噂《うわさ》を聞いて来たんですけど……」

西崎は一瞬、言葉に詰まった。そのあだ名は、自分のなかではまだまだ認めたくない部分が大きかったからだ。

するると、若菜が先に返事をした。

「そうです！　こちらが憂鬱探偵の西崎さんです！」

嬉々《きき》として紹介されて、西崎は複雑な気持ちを抱えながらも女性に名乗った。

「えー、初めまして、〝探偵の〟西崎です」

ささやかな抵抗として、西崎は肩書のところを強調した。が、女性も若菜もまったく気に留めてはくれず、ひとり虚《むな》しさに包まれる。

そんな中、若菜が女性をソファーのほうへ促して、西崎も平然を装いながら腰かけた。そして、なんとか気持ちを切り替えてから女性に尋ねた。

「それで、本日はどういったご用件でお越しくださったんでしょう」

まあ、例のあだ名を知ってるからには、どうせ憂鬱なことに関係してるんだろうな……。

そう思っていると、案の定、女性はこう口にした。

「憂鬱なことを相談しに来ましして……私、月曜日がとても憂鬱なんです……」

女性は言う。

「他の曜日は基本的には大丈夫なんです。特に金曜日とか土曜日とかは開放感にあふれてて、身も心も軽い感じなんですけど……日曜日の夕方くらいから気持ちがどんよりしはじめて、だんだん暗くなってきて、月曜日の朝にはどん底になって仕事にも行きたくなくなってて……西崎さんは憂鬱なことの秘密を探っていらっしゃるということなんですけど、これにも何か秘密があるものなんでしょうか……？」

「えっと……」

西崎は言葉に窮しながらも、どうにか尋ねる。

「ちなみに、お仕事の勤務日は何曜日なんですか？」

「働いてるのが月曜日から金曜日で、土日が休みです」

「なるほど……」

西崎は思う。秘密も何も、理由はハッキリしているんじゃないかなぁ、と。

憂鬱なのは、きっと月曜日がこの方にとって仕事がはじまる日であるからに違いない。もっと休みがつづいてほしい、働きたくない……そんな思いが作用して、月曜日が来ることや月曜日自体に憂鬱を感じるようになっているというわけだ。

西崎も一応、気持ちが分からないではなかった。探偵業の働き方は不規則なので、社会人になってこそ曜日に対する感覚は薄まったものの、学生時代には学校に行くのが面倒で月曜日になると憂鬱な気分になったものだった。

しかし、と西崎は再び思う。

憂鬱になるのはその仕事や学校がはじまるからで、ほかに知られざる秘密なんてないような……。

そのとき、若菜が言った。

「分かります！　私も月曜日は気分が沈みがちなので！」

そして、西崎に向かってこうつづけた。

「西崎さん、これ、絶対に何かがある気がします！　調べましょう！」

いや、と西崎は苦笑を浮かべる。

「今回ばかりは、さすがにないと思うんだけど……」

「あります！　勘ですけど！」

西崎は心の中で不満をこぼす。

服が裂けるのには秘密がなさそうで、月曜日が憂鬱なのには秘密がありそう。その違いがまったく分からないんだけどなぁ……。

「やりましょう！」

なおも迫り来る若菜に対して、西崎はあきらめの境地でうなずいた。

「じゃあ、調べるだけは調べてみようか……」

「やった！　憂鬱探偵の腕が鳴りますね！」

依頼主の女性も頭を下げた。

「ありがとうございます！　よろしくお願いします！」

そうして、西崎は月曜日の秘密に迫るべく調査に乗りだすことになった。


西崎と若菜は、最初に月曜日についての聞きこみをしてみるところから開始した。

月曜日は憂鬱だ。

一般的にはそう言われているものの、果たして実際に憂鬱を感じている人はどれくらいいて、その背景には何がひそんでいそうなのか。それを把握するためだ。

結果、憂鬱を感じているという人はやはり多く、月曜日は想像以上に世間から敵対視されていることが判明した。

「月曜日だけは、ぜんぜん気持ちが乗りませんね……」

「一番嫌いな曜日です」

「月曜日なんてなくなればいいのに！」

あまりの支持されなさに、西崎は月曜日のことが少し不憫《ふびん》に思えてくる。

ともあれ、そういった人たちは日曜日が休みで月曜日から仕事や学校がはじまるというケースが多く、やはり憂鬱の背景には大なり小なりその事実が関係しているように思えてならなかった。

「やっぱり、知られざる秘密なんてないんじゃないかなぁ……」

西崎がこぼすと、若菜が言った。

「でも、気になるケースもありましたよね？　月曜日が仕事はじまりじゃないって人の中にも、月曜日は憂鬱だっていう人が割といて……」

「まあ、そういう人もたしかにいるみたいだけど……世間的な月曜日のイメージに引っ張られてるだけじゃないのかなぁ」

「そうなんですかねぇ……」

若菜は煮え切らない返事をする。

そんな若菜の提案で、西崎たちは月曜日自体の調査に力を入れてみることにした。月曜日の現状をこの目でたしかめ、ヒントを探ろうというわけだ。

次の月曜日、西崎と若菜が朝から街に繰り出すと、晴れているのに街はどんよりとした雰囲気に包まれていた。道行く人はみんなうつむき加減で、足取りも重い。生気や覇気もまったくなく、ただ義務感によってのみ身体《からだ》を動かされているような印象を受ける。

「月曜日って、こんなだっけ……？」

「えっと……こっちがそういう目で見てるから、そういうふうに見えるんですかね……？」

いずれにしても、二人は周囲の空気にあてられて、なんだか気が滅入りそうになってくる。

「とりあえず、駅に行って様子を観察してみようか……」

「そうですね……」

若菜が「あれ？」と声をあげたのは、駅についてホームをうろついていたときだった。

「どうかした？」

尋ねた西崎に若菜は言った。

「あっ、いえ……いま隙間から向こうが見えたんですけど、ちょっと変で……」

西崎はそちらに視線をやった。

そこはホームの一番端で、一角がパネルで覆われていた。

「変って？」

「何かの作業をしてるみたいだったんですけど、中にいたのがご高齢の女性たちで……いえ、別に誰がいたっていいんですけど、こういう場所ではあんまり見ない人たちだなぁって……」

「それが本当なら、たしかに一般的ではないかもね……一応、ちょっと確認してくる」

西崎はパネルに近づいて、隙間から中をのぞいた。すると、そこには若菜が言った通りの光景が——立ったまませっせと手を動かしている女性たちの姿があった。

何をしているんだろう……。

そう思っていると、すぐ近くにあった扉が開いて一人の女性が外に出てきた。女性はそのままどこかに歩み去ろうとしたが、西崎はとっさに口を開いた。

「あの！　みなさん、中で何をされているんですか？」

声をかけたのは直感だった。

自分たちの調査に関係があるかどうかは分からない。が、何かがありそうな予感がしたのだ。

すると、女性が言った。

「あらこんにちは。私たちなら補修をしているのよ」

「何かの工事ということですか……？」

「工事と言えばそうだけど、補修しているのは時空なの」

「時空……？」

「ええ、時空の裂けたところをね」

「はあ……」

意味が分からず、西崎も若菜もポカンとしてしまう。

そんな二人の様子に女性は笑った。

「まあ、ふつうはそうなるわよねぇ」

「あの、もう少し詳しくお話を伺えないでしょうか……？」

「構わないわよ。ちょうどこれから休憩だし、そのあたりにでも座ってゆっくりお話ししましょう」

促され、三人はホームのベンチに腰かけた。

「それで、時空の裂け目というのは何のたとえなんですか……？」

改めて西崎が尋ねると、女性は言った。

「いえいえ、たとえじゃなくて言葉の通り時空の裂け目のことなのよ」

女性はつづける。

「そもそもこの世界は、いうなれば時空という生地で縫製されたぬいぐるみのようなものでね。人々はその内側というか外側というか、切り離された片方に住んでいるわけなのだけど、時空にはときどき裂け目ができるの。それを補修するのが、私たち時空補修人というわけよ」

「時空補修人……」

つぶやきつつ、若菜が尋ねる。

「その、時空なんてどうやって補修するんですか……？」

「専用の糸と針で縫い合わせるの。ミシンが使えればいくらかはラクなんでしょうけど、時空の裂け目はどこにできるか分からないから、すべて手作業で縫っているわね」

西崎も横から口にする。

「あの、あまりそういったことに明るくなくて分からないんですが……時空はどうして裂けるんですか……？」

「いろいろな原因があって、私も学者さんほど詳しくはないのだけど、ひとつには時空というものの性質が関係していて。時空は世間でのちょうど一週間ごとに、継ぎ足されるようにして過去から未来へとつながっていてね。そのつなぎ目にあたるところが日曜日から月曜日にかけてにあるのだけど、そこはどうしても弱くなって、何もしなくても元から裂けやすくなっているの」

それから、と女性はつづける。

「時空にかかる負荷のこともあるわね。それには人の活動なんかが関わっていて、活動量が急に増えると時空への負荷も大きくなって、裂けやすくなるの。たとえばいまの世の中で典型的なのが日曜日と月曜日のあいだで、まさにその状況ゆえに一番負荷がかかっていてね。でも、ほら、そこはもともとつなぎ目にあたるとお話ししたでしょう？　だから、この日曜日から月曜日にかけては、本当によく裂けやすくなっているの。ちなみに、その中でも人の出入りが激しい駅あたりは、輪をかけて裂け目ができやすいわね」

西崎も若菜もこんがらがりそうになりつつも、なんとか頭を整理する。

若菜が言った。

「それって、ぬいぐるみの腕の付け根がよく裂けるのは、もともとつなぎ目で取れやすくなってるところを強く引っ張っちゃうから、みたいなことですか……？」

女性はにっこり微笑《ほほえ》んだ。

「そういうことね。のみこみが早くてうれしいわ」

照れている若菜の隣で、西崎には先ほどから気になっていることがあった。

話に出てきた、日曜日や月曜日というキーワードだ。

もしかして、これは自分たちが知りたいことにも何か関係があるのだろうか……。

うっすらとそう思いながら、西崎は尋ねた。

「時空が裂けたら、何か影響があるんですか？　今もこの囲いの向こうに、補修中の裂け目があるんですよね？　その割には、ぼくたちには何の影響もないような……」

「いえいえ、大いにあるわ」

女性は表情を険しくさせる。

「時空の裂け目は別の宇宙につながっているのだけど、そこから負の物質が流れこんでくるの。

これが人の心に悪い影響を与えてね。気分が落ちこみやすくなったり、その落ちこんだ気分をさらに落ちこませたりするのよ。ほら、世の中には月曜日が憂鬱だという人が多いでしょう？あれにはもちろん仕事や学校の存在もある程度は関係しているのだけど、それ以上に時空の裂け目から流れこんできている負の物質の影響で憂鬱な気持ちになりやすくなっていたり、それが加速していきやすくなっていたりするからというところが大きいの」

西崎と若菜は思わず顔を見合わせた。

「これって、月曜日が憂鬱なことの……！」

「完全に調べてたやつですよね……！」

女性はひとり取り残される形となって、何の話かと不思議そうな顔をした。

そんな女性に、西崎は自分たちの調査のことを説明した。

すると、神妙な表情で女性は言った。

「まさにそれは時空の裂け目によるところが大きくて、残念ながら私たちの課題でもあるところね。補修が追いついていれば、もっと状況は変わっているはずなわけだから」

若菜はすぐにかぶりを振った。

「そんな！　がんばって補修してくださってるじゃないですか……！」

「それでも、状況が改善しなくちゃね」

ただ、と女性はつづけた。

「微力だけど、私たちも補修に加えて別の方法も探っていてね。そのひとつが休暇分散化の推進で、発起人として国や企業へ実現に向けた提言を行っているの。私たちには時空のつなぎ目を強くすることはできないけれど、お休みの日をばらけさせてつなぎ目への負荷を減らすことはできるからね」

「そんな活動も行っていらっしゃるんですね……！」

「そこがつながってるだなんて、ぜんぜん知りませんでした……！」

新たな事実に驚くなかで、西崎は女性に切りだした。

「あの……その時空の裂け目を実際に見てみることはできませんか？　調査の一環ということもありますが、個人的にもとても興味がありまして……もちろん、あまりに危険ならあきらめますが」

西崎はつづける。

「……と言いますか、みなさんは健康面での被害などは大丈夫なんですか……？」

「ええ、もしものことがないように管理体制は徹底しているし、短時間なら裂け目の近くにいても直接的な影響はそれほどないから交代でやっていれば大丈夫よ。見学のことは、あなたたちの事情も分かったから少しだけなら構わないわ」

西崎と若菜は声をあげた。

「ありがとうございます！」

「お邪魔だけはしないように気をつけます！」

そうして西崎たちは女性のあとにつづいて扉をくぐり、パネルで囲われた中に足を踏み入れた。

囲いの中では先ほど垣間見《かいまみ》たように、たくさんの女性たちが宙に向かってせっせと手を動かしていた。が、西崎と若菜にはどこが時空の裂け目なのかよく分からなかった。

「裂け目は慣れると見えてくるから、しばらく目を凝らしてみるといいわ。じゃあ、私は作業に戻るから適当に見ていってちょうだいね」

そう言うと、女性は糸と針を取りだして何もない空間に向かって動かしはじめた。

宙に縫い目ができていき、不思議とすぐに消えて見えなくなる。

西崎たちはその光景を眺め入る。

若菜が声をあげたのは、そのときだった。

「西崎さん！　私、見えました！」

若菜は女性のそばを指差した。

「そこ、黒い感じに裂けてます！」

「ええっ？　本当に……？」

「ほんとですって！」

西崎もさらに注意をこめて、宙を見つめる。

するとうっすらとだが、そのあたりに黒い裂け目があるように思えてきた。

「見えた！」

作業をしながら女性が言った。

「もう見えるなんて、二人とも筋がいいことね。ちょっと中をのぞいてみる？」

「大丈夫なんですか……!?」

「少しならね」

いたずらっぽく笑う女性に、西崎と若菜はおそるおそる裂け目に近づく。

中をのぞこうとしたとたん、びゅぅっと強い風が吹きつけてきて、二人は思わず目を閉じた。

次にまぶたを開けたとき、西崎の視界に裂け目の中の光景が飛びこんできた。

そこは黒雲が激しく渦を巻いているようになっていた。雷が光っているかのごとく、時おり閃光《せんこう》が音もなくあたりを駆けめぐる。

「これが別宇宙……」

取《と》り憑《つ》れたように見入るうちに、西崎は背筋が冷たくなってきた。

そのとき、声が聞こえた。

「さて、そろそろおしまいにしたほうがいいかしらね」

ハッと我に返って、西崎は反射的に顔を引っこめた。隣を見やると、若菜が呆然《ぼうぜん》とした顔で立っていた。

「すごかったね……」

「ですね……なんだか怖くもありましたけど……」

女性は言った。

「あちら側には行きたくないものよね。もっとも、行こうと思っても向こうからの一方通行しかできないみたいだけれど」

やがて気持ちが落ち着くと、西崎はお礼を言って、そろそろ失礼することを女性に伝えた。

女性は「ちょっと待っててね」と言ってどこかに行くと、すぐに戻ってきてあるものを西崎と若菜にひとつずつ渡した。

「時空のソーイングセットよ。裂け目はいつどこに現れるか分からないから、もし見かけたら縫っておいてもらえるとうれしいわ。もちろん、手に負えなければいつでも連絡をちょうだいね」

西崎たちはそれを受け取って、まじまじ見つめた。

できる限りのことはしたいと心に誓い、二人はその場をあとにした。


後日、西崎は依頼人に連絡をとり、調査で判明した事実を報告した。

心にふと影が差したのは、ひと通り説明をしたあとのことだった。

西崎は、気づけばこう口にしていた。

「……まあ、秘密が分かったからといって時空の裂け目はなくなってはくれないわけで、これからも月曜日が憂鬱なことには変わりはありませんけれど……」

すると、依頼人は言った。

「それはそうかもしれませんけど……でも、これからはほんの少しだけ気持ちが違ってくるような気がします。理由が分かって、憂鬱ともうまく付き合っていこうと思えてきたと言いますか。それに時空補修人の方たちの存在も、とっても心強いです。今度見かけたらお礼を言わなくてはいけませんねっ」

その言葉に、西崎も励まされるような気持ちになったのだった。

西崎が再び時空の裂け目に出くわしたのは、その日の午後、コンビニで遅めの昼食を調達したあとのことだった。

事務所の入っているビルまで帰ってきたとき、ふと見上げた視線の先に黒い裂け目を見つけたのだ。

うわっ、こんなところにいつの間に！

西崎は慌てて事務所に戻り、女性にもらった時空のソーイングセットを取りだした。そして、脚立を抱えて外に出ると、発見した裂け目と向き合った。

悪影響が出る前に、早くふさいでおかないと！

西崎は糸と針を手に格闘をはじめる――。

若菜がやってきたのは、西崎がなんとか裂け目を縫い終えて脚立から降りたときだった。

「あれ？　西崎さん、こんなところで何してるんですか？」

振り向いて若菜に気がつき、西崎は言った。

「いや、それがさ、いま時空の裂け目を見つけて急いで縫ったところで……」

「えっ!?　大変じゃないですか！　どこですか!?」

慌てる若菜に、西崎は答える。

「とりあえずふさいだから大丈夫だと思うよ。もう跡も見えなくなったし」

「あっ、そうなんですね……！」

しかし、次の瞬間、若菜は大きな声をあげた。

「西崎さん！　あの、それって絶対ここですよね……!?」

若菜はつづける。

「斬新、と言いますか……これはさすがに、早く補修人のみなさんに連絡したほうがいいのではと……！」

「ええっ？」

その意味がよく分からないまま、西崎は今しがた自分が縫ったあたりに視線をやった。

直後、西崎は「あっ！」と叫んだ。

こんな形で、またもや自分の雑さと不器用さが露呈することになろうとは……！

西崎が縫ったところは、どうやら時空がガタガタになってしまったらしい。

その向こう側に見える景色は、いびつな形に歪んでいた。

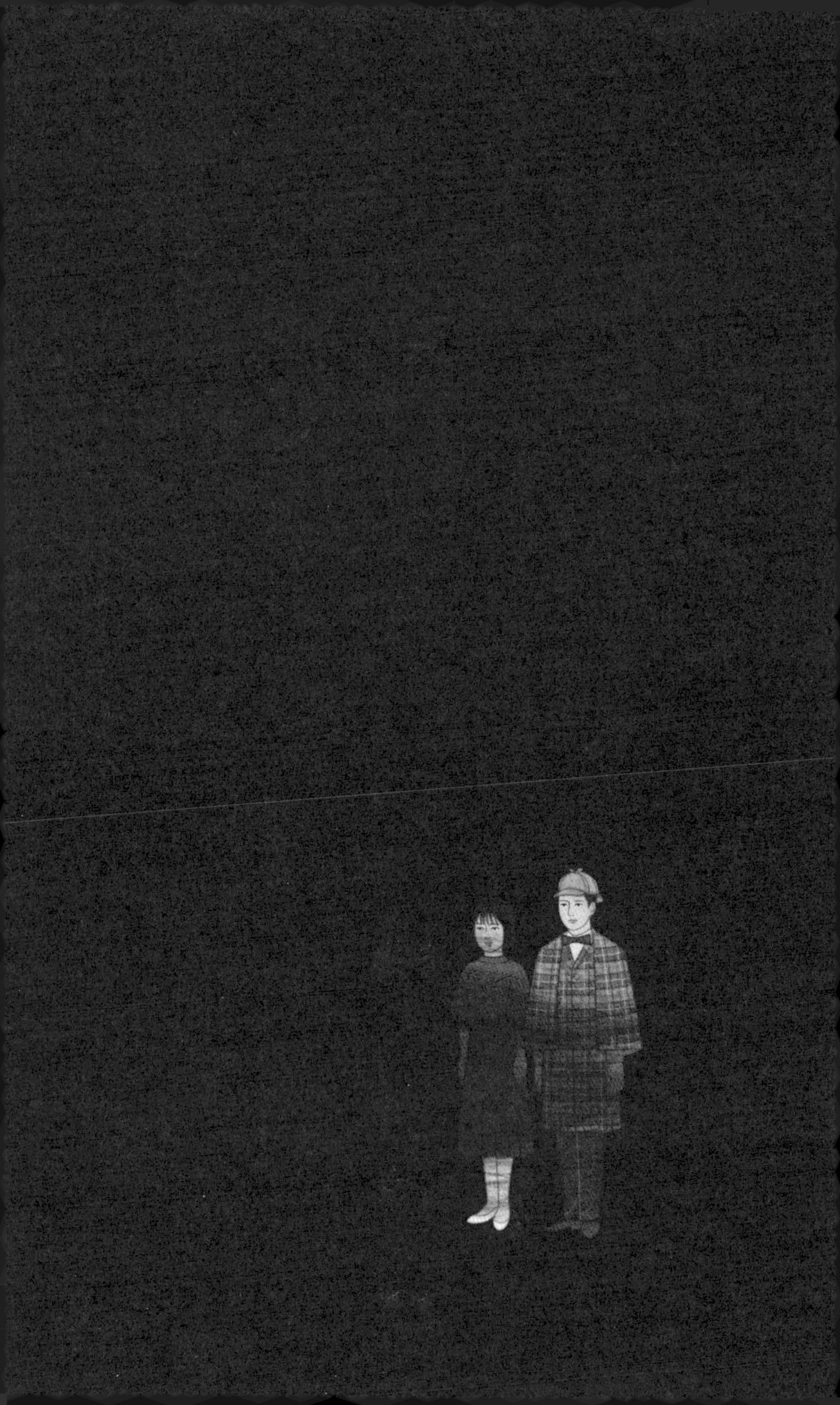

田丸雅智　たまる まさとも

一九八七年、愛媛県生まれ。東京大学工学部卒、同大学院工学系研究科修了。二〇一一年、『物語のルミナリエ』に「桜」が掲載され作家デビュー。一二年、樹立社ショートショートコンテストで「海酒」が最優秀賞受賞。「海酒」は、ピース・又吉直樹氏主演により短編映画化され、カンヌ国際映画祭などで上映された。坊っちゃん文学賞などにおいて審査員長を務め、また、全国各地でショートショートの書き方講座を開催するなど、現代ショートショートの旗手として幅広く活動している。書き方講座の内容は、二〇二〇年度から小学四年生の国語教科書（教育出版）に採用。二〇二一年度からは中学一年生の国語教科書（教育出版）に小説作品が掲載。一七年には四〇〇字作品の投稿サイト「ショートショートガーデン」を立ち上げ、さらなる普及に努めている。著書に『海色の壜』『おとぎカンパニー』など多数。メディア出演に情熱大陸、ＳＷＩＴＣＨインタビュー達人達など多数。

田丸雅智 公式サイト：http://masatomotamaru.com

憂鬱探偵

2023年2月25日　初版発行

著者　田丸雅智

発行者　横内正昭

発行所　株式会社ワニブックス
〒150-8482
東京都渋谷区恵比寿4-4-9えびす大黒ビル
電話(03)5449-2711［代表］
(03)5449-2734［編集部］

装画　ホセ・フランキー／シュガー

装丁　小川恵子（瀬戸内デザイン）

校正　玄冬書林

編集　内田克弥（ワニブックス）

印刷所　美松堂

DTP　三協美術

製本所　ナショナル製本

定価はカバーに表示してあります。落丁本・乱丁本は小社管理部宛にお送りください。
送料は小社負担にて お取替えいたします。
ただし、古書店等で購入したものに関してはお取 替えできません。
本書の一部、または全部を無断で複写・複製・転載・公衆送信すること は
法律で認められた範囲を除いて禁じられています。
© 田丸雅智2023
ISBN 978-4-8470-7254-3

ワニブックスHP　https://www.wani.co.jp/
WANI BOOKOUT　https://www.wanibookout.com/
WANI BOOKS NewsCrunch　https://wanibooks-newscrunch.com/